U0164764

博雅文叢

人間詞話新註

王國維 著

滕咸惠 校註

出版說明

「博雅教育」，英文稱為General Education，又譯作「通識教育」。甚麼是「通識教育」呢？依「維基百科」的「通識教育」條目所說：「其一是通才教育；其二是指全人格教育。通識教育作為近代開始普及的一門學科，其概念可上溯至先秦時代的六藝教育思想，在西方則可追溯到古希臘時期的博雅教育意念。」歐美國家的大學早就開設此門學科。

在兩岸三地，「通識教育」則是一門較新的學科，涉及的又是跨學科的知識。概而言之，乃是有關人文、社科，甚至理工科、新媒體、人工智能等未來科學的多方面的古今中外的舊常識、新知識的普及化介紹，等等。因而，學界歷來對其「定義」抱有各種歧見。依台灣學者江宜樺教授在「通識教育系列座談（一）會議記錄」（二零零三年二月）所指陳，暫時可歸納為以下幾種：

一、通識就是如（美國）哥倫比亞大學、哈佛大學所認定的Liberal Arts。

二、如芝加哥大學認為：通識應該全部讀經典。

三、要求學生不只接觸 Liberal Arts，也要人文社會科學學生接觸一些理工、自然科學學科；理工、自然科學學生接觸一些人文社會學，這是目前最普遍的作法。

四、認為通識教育是全人教育、終身學習。

五、傾向生活性、實用性、娛樂性課程。好比寶石鑑定、插花、茶道。

六、以講座方式進行通識課程。（從略）

近十年來，香港的大專院校開設「通識教育」學科，列為大學教育體系中必要的一環，因應於此，香港的高中教育課程已納入「通識教育」。自二零一二年開始的第一屆香港中學文憑考試，通識教育科被列入四大必修科目之一，考生入讀大學必須至少考取最低門檻的「第二級」的成績。在可預見的將來，在高中教育課程中，通識教育的份量將會越來越重。

在互聯網技術蓬勃發展的大數據時代，搜索功能的巨大擴展使得手機、網絡閱讀、搜索成為最常使用的獲取知識的手段，但網上資訊氾濫，良莠不分，所提供的內容知識未經嚴格編審，有許多望文生義、張冠李戴及不嚴謹的錯誤資料，謬種流傳，誤人子弟，造成一種偽知識的「快餐式」文化。這種情況令人擔心。面對着人工智能技術的迅猛發展所導致的對傳統優秀文化內容傳教之退化，如何能繼續將中國文化的人文精神薪火傳承？培育讀書習慣不啻是最好的一種文化訓練。

有感於此，我們認為應該及時為香港教育的這一未來發展趨勢做一套有益於中、大學生的「通識教育」叢書，針對學生或自學者知識過於狹窄、為應試而學習的不良傾向去編選一套「博雅文叢」。錢穆先生曾主張：要讀經典。他在一次演講中還指出：「此時的讀書，是各人自願的，不必硬求記得，也不為應考試，亦不是為着做學問專家或是寫博士論文，這是極輕鬆自由的，正如孔子所言：『默而識之』便得。」我們希望這套叢書能藉此向香港的莘莘學子們提倡深度閱讀，擴大文史知識，博學強聞，以春風化雨、潤物無聲的形式為求學青年培育人文知識的養份。

本編委會從上述六個有關通識教育的範疇中，以第一條作為選擇的方向，以第二條的芝加哥大學認定的「通識應該全部讀經典」作為本文叢的推廣形式，換言之，就是為初中、高中及大專院校的學生而選取的，讀者層面也兼顧自學青年及想繼續進修的社會人士，向他們推薦人文學科的經典之作，以便高中生未雨綢繆，入讀大學後可順利與通識教育科目接軌。

這套文叢將邀請在香港教學第一線的老師、相關專家及學者，組成編輯委員會，分類包括中外古今的文學、藝術等人文學科，而且邀請了一批受過學術訓練的中、大學老師為每本書撰寫「導讀」及做一些補註。雖作為學生的課餘閱讀之作，但期冀能以此薰陶、培育、提高學生的人文素養，全面發展，同時，也可作為成年人終身學習、補充新舊知識的有益讀物。

本叢書多是一代大家的經典著作，在還屬於手抄的著述年代裏，每個字都是經過作者精琢細磨之後所揀選的。為尊重作者寫作習慣和遣詞風格、尊重語言文字自身發展流變的規律，給讀者們提供一種可靠的版本，本叢書對於已經經典化的作品不進行現代漢語的規範化處理，提請讀者特別注意。

「博雅文叢」編輯委員會

二零一九年四月修訂

目錄

導讀

境界與境中之界

王國維的論詞言說主要在一九零六至一九零八年期間撰寫，原稿共一百二十六則。不過，當一九零八年王國維決定在《國粹學報》分三期刊出《人間詞話》時，便從原稿中抽選六十四則，並重新組織，以建立比較明確的詞論體系。王國維雖在一九一五年於《盛京日報》刊登三十一則的刪減版本，但《國粹學報》版本在一九二六年以單行本刊印，盛行於世；《盛京日報》本由是隱沒無聞，直至近年才被發現及整理出來。一九六二年，學者徐調孚校訂出版《人間詞話》，將一九零八年王氏手定本的版本，再加上趙萬里因編輯王氏遺著而整輯發表的《人間詞話未刊稿及其他》（又稱《刪稿》）的共四十九則論詞語，以及徐氏增補其他論詞著述為「人間詞話附錄」，合成現在較為流行的「通行本」。本書校註者滕咸惠先生則依據手稿原本編排、校註一百二十六條詞論，並以此為文本基礎撰寫析論文章（詳情請參本書「幾點説明」及〈略論王國維的美學思想〉），題名《人間詞話新註》。《人間詞話》標舉之「境界」，我們大可單從其「通行本」內容加以理解。不過咸惠先生的《新註》也提醒我們，《人間詞話》不同時期刪修的文本實際反映了王國維之詞學思想是持續變化的。古代詩話、詞話大多採用短札形式撰寫，由於隨想隨記，故或數則相接，或首尾遙應，未必有明確的倫次。《新註》所展示的原稿編排大抵如此，其校註內容正是一個重要文本，讓我們以此把握、理解王氏在一九零六至一九零八年期間詞學思考之發展。若我們從頭讀起，或可粗略摸索其思路軌迹。

比如「境界」一詞。它在原稿第二則首次出現，即廣為人知的「古今之成大事業、大學問者，罔不經過三種之境界」一段。此則同樣見於〈文學小言〉，但「境界」卻寫成「階級」，另還有若干異文。而刊在《國粹學報》的《詞話》仍作「境界」，並置於第二十六則，此或是王氏先用「階級」一詞，後改為「境界」。原稿第二則以後，除了第九則提及「『桂華流瓦』，境界極妙」外，直至第三十一、三十二、三十三、三十五、三十六、三十七則，才開始對「境界」概念作深入解説。一九零八年王氏在《國粹學報》發表《人間詞話》，將這數則重新編置於首端，並作了重要修訂，以為其詞學論述之綱領。第三十一則即「詞以境界為上。有境界則自成高格，自有名句。五代北宋之詞所以獨絕者在此。」一段，於此正式成為《詞話》的第一則。此「境界」自非「階級」義，而是對於古代詞作審美理想的概括，可見不同語境下含義應用之轉變。我們應當警惕的是，探究文學作品或著作的情感思想，須留心其文本生成的時期與語境。原稿反映作者思考的痕跡，其創發性與私密性自有其考察價值，但當作者持續修訂，或有意發表出版的時候，其終定本便應視作經過深沉考慮，甚至展現頗具規模的理論體系。《人間詞話》亦當作如此觀，我們探討的文本應依據《國粹學報》本或所謂「通行本」，並注意與原稿之間的差異；至於沒被選取的部份，則只能作參考之用。

前述「通行本」的論詞六十四則自成體系，一般而言，第一至九則為「境界」論說的綱領；第十至五十二則縱論自唐代李白至清代納蘭性德諸位作家的詞作優劣，比較藝術特色，跡近詞史；第五十三至六十四則屬於與詩歌、戲曲並觀的雜論，有着辨體的意味。我們閱讀以原稿為本的《新註》時，必須與「通行本」對讀，乃至結合同時期的其他論詞著述，比如〈文學小言〉（一九零六），以及王氏託名「樊志厚」撰寫的〈人間詞甲稿序〉（一九零六）及〈人間詞乙稿序〉（一九零七）等。

事實上，王氏論詞論文學，以「情景」為原質（〈文學小言〉第四則），推崇「意與境渾」（〈人間詞乙稿序〉），終以「境界為上」，但論者如咸惠先生等大都認為「境界」等於「意境」，「意」「境」又與「情」「景」相對應，於是率爾將「境界」等同「情景交融」，這實際忽略箇中概念層次與論述先後之差別。

情感與景物互相交融，綿密難分，當然是文學作品的理想展現，但絕不能視作與「意境」屬於同一個美學層次。王國維在原稿第二十二則指姜夔詞格調雖高，「惜不於意境上用力，故覺無言外之味，弦外之響」。當中的「味」與「響」，正是意境之涵義。所謂「言外之味，弦外之響」，正如唐代劉禹錫「境生於象外」、司空圖「象外之象，景外之景」、宋代梅堯臣「狀難寫之景，如在目前，含不盡之意，見於言外」、南宋嚴羽「空中之音，相中之色，水中之月，鏡中之象，言有盡而意無窮」等語，述寫的大體是詩歌有形的、具體的意象外，還有一層無形的、想像的景象，一個由讀者參與營構意想的、悠遠無窮的感受空間。此審美層次歷來或以「味」、「響」、「境」、「意」、「象」等名之，王國維則以「意境」概括。有趣的是，原稿第二十六則談及「樊抗夫」，即王氏託名的「樊志厚」。他以此為自己的《人間詞甲乙稿》撰寫序文，實際是對己作的評價，而第二十六則便是對其〈乙稿序〉的回應，表達了方諸古人的「自謙」（才不若古人）與「自信」（古人亦不如我用意）之心理。那麼這則應是寫於〈乙稿序〉完成日子（一九零七年十月）後不久。王國維在〈乙稿序〉對「意境」概念有深入的闡發，如將意境再分為「意與境渾」、「或以境勝」及「或以意勝」三種美感經驗，首者為上，後二者為次。這可算比歷來的意境論述有更為細緻的分辨，亦廣為引述。

不過，不少論者忽略了〈乙稿序〉以後，王國維已不多用「意境」論詞，尤其《人間詞話》也不再談「意勝」「境勝」，更為重要的是，他正式改用「境界」一詞建立其詞學體系，箇中的考慮值得深思。王氏在《詞話》「通行本」第九則（原稿第七十九則）借用嚴羽之「興趣」說，認為北宋以前的詞作與盛唐詩歌一樣，都是具有「言有盡而意無窮」的審美特質。然而他又認為，即便同屬意境理論，嚴羽「興趣」說和王漁洋「神韻」說都只是「道其面目」，其「境界」卻可「探其本」，此本末之別代表「境界」一詞有着「興趣」或「神韻」沒能概括指稱的意蘊。

推考王國維使用「境界」一詞，較早見於對心理學、教育學著述的翻譯。王氏自白三十歲以前的為學進路由西方哲學轉向中國文學，但其實這期間對西方心理學和教育學也非常感興趣。一九零一、一九零二年他先後譯述日人著作《教育學》和

《心理學》，並承用「境界」指稱某種心理特質或意識階段。一九零五年當他認為哲學是「可愛者不可信」（〈靜安文集自序二〉）時，則在早期講義稱述心理學是「心的現象之科學，直接經驗之科學也」（《王國維早期講義三種》）。一九零七年他又翻譯及出版丹麥心理學家海甫定的《心理學概論》，當中述道：

> 在神話時代之立腳地，則視一切外物無不有類己之精神的生活，其對「我」與「非我」之境界，與小兒同，非有嚴密之區別也。及經驗漸增，於是此二者間始得引精密之界線。

此「境界」是據英語 boundary 對譯而來。這年開始，「境界」之說也逐漸成形。「境界」可理解為境中之界，所指的是外物與內心之境、我與非我之境的區辨界線，故王國維言「境非獨謂景物也，喜怒哀樂亦人心中之境界」，又有所謂「有我之境」與「無我之境」。王氏捨棄「意境」一詞，又自信認為「境界」更能探其本，此或因其把握境中物我界線的消融與分辨，以及對由此產生的審美效果深有體會。

咸惠先生據〈乙稿序〉「出於觀我者，意餘於境。而出於觀物者，境多於意」

一段，解釋原稿第三十三則的「有我之境」「無我之境」。他認為前者即「觀我」，是主觀詩，故「意勝」，後者即「觀物」，是客觀詩，故「境勝」。但他沒有解釋為何王國維在正式發表時，不但刪去「主觀詩與客觀詩」一句，更在「有我之境，物皆著我之色彩」中間加上「以我觀物」，在「無我之境，不知何者為我，何者為物」中間加上「以物觀物」。這除了「主觀詩與客觀詩」的描述不夠精準外，更是為了修正〈乙稿序〉「觀我」「觀物」之說。已有論者指出，「觀我」一詞混淆了主客物我，在叔本華哲學或心理學都是不合理的。反之「通行本」的「以我觀物」和「以物觀物」，正好在心理學找到相應說法。海甫定指出，判斷「我」與「非我」端賴對抗外物的意識界線，同時又認為身體也可成為外物，與精神主體相對。因此，「淚眼問花花不語」一句明顯體現了物我之間的對立，故為「有我之境」；至於「採菊東籬下，悠然見南山」一句，詩人身體已融入自然景觀之中，「悠然」之感無端而起，正是物我兩忘的境界，故為「無我之境」。

此外，原稿第三十六則又言：「無我之境，人唯於靜中得之。有我之境，於由動之靜時得之。故一優美，一宏壯也。」有論者認為，所謂「優美」「宏壯」源自中國傳統陰陽柔剛之美學觀念，並批評陰柔之美屬「無我」、陽剛之美屬「有我」

不合理，但這無疑是先入為主。其實「優美」和「宏壯」之分很大可能結合了叔本華美學與心理學的說法。王氏曾據叔本華指出，美可分為「優美」和「壯美」（〈叔本華之哲學及其教育學說〉，一九零四）。「優美」出自事物「令人忘利害之關係」，而不用分判物我界限與利害關係是為「靜」，故云「無我之境」為「優美」。「壯美」則原於事物「直接不利於吾人之意志」，故而用智識加以觀察（此應襲自康德「崇高」論）。不過王氏言「有我之境」卻將「壯美」改為「宏壯」，值得深思。其實在譯述心理學講義時，他已提到「美情」之中有所謂「宏壯之情」，即「感事物之偉大，而發揚人之心氣」的快感。海甫定也談及「宏壯之情」，並反對康德所說崇高感源於理性。他認為，外物若以「偉大之勢力」施於人，而人又嘗試以「直觀之力」制馭這外物，無論成功與否，都會產生「宏壯之印象」，尤其面對山嶽海天以至無限時間的時候更是如此。這種直觀的制馭動作，與「動之靜時」相合，「有我之境」正由此而來。「宏壯」之應用，「動之靜時」的描述，反映着王國維在哲學與心理學之間的取捨與修正。

筆者按：

以上部份王國維對心理學概念的譯述與「境界」說的關係的討論，實際參考了許君明德的〈王國維援心理學入詞學探析〉（《明清研究論叢（第一輯）》，二零一五）一文。筆者甚契其說，故據以略加申述。

許建業

許建業，香港中文大學中文系文學碩士、香港教育大學文學及文化學系哲學博士。現職香港樹仁大學中國語言文學系講師，講授文學批評、明清雜文小品選讀、古代小說戲劇批評等科。

幾點說明

一、本書分上、下兩卷，上卷為「人間詞話」，下卷為「人間詞話附錄」。上卷係根據王國維《人間詞話》原稿整理而成。各條按原稿順序編排，文字亦從原稿。原稿引文多處與所引著作原文不同，為慎重起見，概不改動。唯人名誤字，一律改正並加按語說明。原稿已刪之若干條及已刪之若干文句照樣錄出並加按語說明。下卷分兩部份：（一）輯錄《人間詞話》以外的零星論詞語；（二）從王國維的《二牖軒隨錄》中摘出的選錄《人間詞話》的部份。

二、《人間詞話》曾有多種版本，其中以徐調孚先生註、王幼安先生校訂本（人民文學出版社一九六零年版《蕙風詞話．人間詞話》本，以下簡稱「通行本」）最為完備。通行本分「人間詞話」「人間詞話刪稿」「人間詞話附錄」三卷。第一卷係《國粹學報》發表的王氏手定本。第二卷係趙萬里先生、王幼安先生從《人間詞話》原稿中錄出之若干條。本書上卷包括了通行本第一卷、第二卷的全部並多出第

24、26、28、50、58、64、65、89、90、92、93、109、122共十三條。通行本第一卷第63條原稿無，作為本書第一卷最末一條。為便於讀者與通行本對照，本書上卷各條註明通行本相應的條數。（如：1（24），即本書第1條為通行本「人間詞話」第24條；13（刪1），即本書第13條為通行本「人間詞話刪稿」第1條）。通行本第三卷係趙萬里、陳乃乾、徐調孚諸先生輯錄之王氏零星論詞語。本書下卷第（一）部份即據此重加編排整理（置《人間詞》甲、乙兩稿序和《清真先生遺事》（節錄）於前，其餘按所論詞人時代先後為序排列）。

三、本書有「校」「註」兩部份。「校」說明與通行本文字比較重要的不同之處（個別條目是與王氏《文學小言》對校）。「註」是參照舊註加以補充修訂而成。引文均註明出處。同一種書在註文中多次引用時，僅在第一次引用時註明版本。

四、本書是在周振甫先生指導下完成的，謹致衷心謝意！但限於校註者理論水平和知識水平，本書一定存在不少缺點和錯誤，敬請專家和讀者批評指正。

上卷　人間詞話

《人間詞話》從光緒戊申（一九零八年）十月開始發表於《國粹學報》，分三期登完（第四十七、四十九、五十期），文末無王氏自署之寫作年代。自一九二六年樸社單行本起，各種版本均署有「宣統庚戌九月脱稿於京師定武城南寓廬」。宣統庚戌乃一九一零年。這顯然因王氏追記致誤。《人間詞話》原稿已提到《人間詞乙稿》（參見本書第51條），而《乙稿》之結集並託名樊志厚作序是一九零七年冬（《乙稿》發表於光緒丁未十月《教育世界》，《乙稿序》署「光緒三十三年十月」），則《人間詞話》的寫作必在此後。又，王氏《唐五代二十一家詞輯》大部份（其中十九家）完成於「光緒戊申季夏」，正是《人間詞話》寫作的資料根據之一。綜合上述各項，《人間詞話》當寫於一九零八年夏秋之際。

1（24）

《詩·蒹葭》[1]一篇最得風人深致[2]。晏同叔[3]之「昨夜西風凋碧樹。獨上高樓，望盡天涯路」[4]意頗近之。但一灑落，一悲壯耳。

【註】

〔1〕詩經·秦風·蒹葭

蒹葭蒼蒼，白露為霜。所謂伊人，在水一方。溯洄從之，道阻且長。溯游從之，宛在水中央。

蒹葭淒淒，白露未晞。所謂伊人，在水之湄。溯洄從之，道阻且躋。溯游從之，宛在水中坻。

蒹葭采采，白露未已。所謂伊人，在水之涘。溯洄從之，道阻且右。溯游從之，宛在水中沚。（據朱熹《詩集傳》，上海古籍出版社本）

〔2〕劉熙載《藝概·詩概》云：「雅人有深致，風人騷人亦各有深致。後人能有其致，則風、雅、騷不必在古矣。」（據上海古籍出版社本）

〔3〕晏同叔　晏殊（九九一——一零五五），字同叔，北宋詞人。

〔4〕晏殊　鵲踏枝

檻菊愁煙蘭泣露。羅幕輕寒，燕子雙飛去。明月不諳離恨苦。斜光到曉穿朱戶。　昨夜西風凋碧樹。獨上高樓，望盡天涯路。欲寄彩箋兼尺素。天長水闊知何處。（據唐圭璋編《全宋詞》，中華書局本）

2（26）

古今之成大事業、大學問者，罔不經過三種之境界：「昨夜西風凋碧樹。獨上高樓，望盡天涯路。」此第一境界也。「衣帶漸寬終不悔，為伊消得人憔悴。」[1]（歐陽永叔[2]）此第二境界也。「眾裏尋他千百度，回頭驀見，那人正在燈火闌珊處。」[3]（辛幼安[4]）此第三境界也。此等語皆非大詞人不能道。然遽以此意解釋諸詞，恐為晏、歐諸公所不許也。[5]

【校】

此條亦見《文學小言》，「三種之境界」作「三種之階級」；「此等語皆非……所不許也」作「未有不閱第一、第二階級而能遽躋第三階級者。文學亦然。此有文學上之天才者所以又需莫大之修養也」。

【註】

〔1〕歐陽修　蝶戀花

獨倚危樓風細細。望極離愁，黯黯生天際。草色山光殘照裏。無人會得憑闌意。　也擬疏狂圖一醉。對酒當歌，強樂還無味。衣帶漸寬都不悔。況伊銷得人憔悴。（據《全宋詞》）

〔2〕歐陽永叔　歐陽修（一零零七——一零七二），字永叔，北宋文學家。

〔3〕辛棄疾　青玉案（元夕）

東風夜放花千樹。更吹落，星如雨。寶馬雕車香滿路。鳳簫聲動，玉壺光轉，一夜魚龍舞。　蛾兒雪柳黃金縷，笑語盈盈暗香去。眾裏尋他千百度，驀然回首，那人卻在，燈火闌珊處。（據鄧廣銘《稼軒詞編年箋注》，上海古籍出版社本）

〔4〕辛幼安　辛棄疾（一一四零——一二零七），字幼安，號稼軒，南宋詞人。

〔5〕蒲菁云：「江津吳碧柳芳吉曩教於西北大學。某舉此節（指《人間詞話》此條——引者）問之，碧柳未能對。嗣入都因請於先生（王國維——引者）。先生謂第一境即所

謂世無明王，棲棲皇皇者。第二境是知其不可而為之。第三境非歸與歸與之嘆與。《湘山野錄》：『李後主神骨秀異，駢齒，一目有重瞳。篤信佛法。殆國勢危削，嘆曰：「天下無周公、仲尼，吾道不可行。」著雜説百篇以見志。』然則具周思孔情乃為大詞人。余持此説，亦恐晏、歐諸公所不許也。」（據靳德峻箋證、蒲菁補箋《人間詞話》，四川人民出版社本）

3（10）

太白[1]純以氣象勝。「西風殘照，漢家陵闕」[2]，寥寥八字，獨有千古。[3]後世唯范文正[4]之《漁家傲》[5]、夏英公[6]之《喜遷鶯》[7]差堪繼武，然氣象已不逮矣。

【校】

「獨有千古」，通行本作「遂關千古登臨之口」。

【註】

〔1〕太白 李白（七零一——七六二），字太白，唐代詩人。

〔2〕李白 憶秦娥

簫聲咽，秦娥夢斷秦樓月。秦樓月，年年柳色，霸陵傷別。 樂遊原上清秋節，咸陽古道音塵絕。音塵絕，西風殘照，漢家陵闕。（據黃昇輯《花庵詞選》，中華書局本）

〔3〕黃昇《花庵詞選》云：「二詞（指李白《菩薩蠻》和《憶秦娥》——引者）為百代詞曲之祖。」陳廷焯《白雨齋詞話》云：「太白《菩薩蠻》《憶秦娥》兩闋，神在個中，音流弦外，可以是為詞中鼻祖。」（據人民文學出版社本）

但二詞是否為李白作品，歷來有爭論。

胡應麟《少室山房筆叢》云：「太白在當時，直以風雅自任。即近體盛行，七言律鄙不肯為，寧屑事此？且二詞雖工麗而氣衰颯，於太白超然之致，不啻穹壤。藉令真出青蓮，必不作如是語。詳其意調，絕類溫方城輩。蓋晚唐人詞，嫁名太白。」「《菩薩蠻》之名，當起於晚唐世。案《杜陽雜編》云：大中初，女蠻國貢雙龍犀、明霞錦。其國人危髻金冠，瓔珞被體，故謂之菩薩。當時倡優遂制《菩薩蠻》曲，文士亦往往效其詞。《南部新書》亦載此事。則太白之世，唐尚未有斯題，何得預制其曲耶？」（據

中華書局本，下冊）

吳衡照《蓮子居詞話》云：「唐詞《菩薩蠻》《憶秦娥》二闋，花庵以後，咸以為出自太白。……胡應麟《筆叢》疑其偽託，未為無見。謂詳其意調，絕類溫方城，殊不然。如『暝色入高樓，有人樓上愁』『西風殘照，漢家陵闕』等語，神理高絕，卻非金荃手筆所能。」（據唐圭璋編《詞話叢編》本）

劉熙載《藝概．詞曲概》云：「梁武帝《江南弄》、陶弘景《寒夜怨》、陸瓊《飲酒樂》、徐孝穆《長相思》，皆具詞體而堂廡未大。至太白《菩薩蠻》之繁情促節，《憶秦娥》之長吟遠慕，遂使前此諸家，悉歸環內。」「太白《菩薩蠻》《憶秦娥》兩闋，足抵少陵《秋興》八首。想其情境，殆作於明皇西幸後乎？」

吳梅《詞學通論》云：「太白此詞（指《憶秦娥》——引者）實冠今古，決非後人可以偽託。……蓋自齊、梁以來，陶弘景之《寒夜怨》、陸瓊《飲酒樂》、徐孝穆《長相思》等，雖具詞體而堂廡未大。至太白繁情促節，長吟遠慕，遂使前此諸家，悉歸籠化，故論詞不得不首太白也。」（據商務印書館本）

楊憲益《李白與〈菩薩蠻〉》云：「《菩薩蠻》是古代緬甸方面的樂調，由雲南傳入中國。著名的《菩薩蠻》詞『平林漠漠煙如織』是李白的作品。因為李白是氐人，生長在綿州昌明，所以幼時就受了西南音樂的影響。在開元年間，李白流落荊楚，路過鼎州滄水驛樓，登樓望遠，忽思故鄉，遂以故鄉的舊調作為此詞。《憶秦娥》和《清平樂》也是李白利用故鄉的俗曲寫成的，不過其寫成當在《菩薩蠻》後，約當李白去京都長安前後。」（見《李白研究論文集》）

任二北在《敦煌曲初探》中，認為楊憲益的看法和《教坊記》《奇男子傳》以及敦煌寫本等資料「無不吻合」「較為接近事實」。

唐圭璋《唐宋詞簡釋》云：「此首（指李白《憶秦娥》——引者）傷今懷古，託興深遠。首以月下簫聲淒咽引起，已見當年繁華夢斷不堪回首。次三句，更自月色外，添出柳色，添出別情，將情景融為一片，想見慘淡迷離之概。下片揭響雲漢，摹寫當年極盛之時與地。而『咸陽古道』一句，驟落千丈，淒動心目。再續『音塵絕』一句，悲感愈深。『西風』八字，只寫境界，興衰之感都寓其中。其氣魄之雄偉，實冠今古。」（據上海古籍出版社本）

〔4〕范文正 范仲淹（九八九—一零五二），字希文，謚文正，北宋文學家。

〔5〕范仲淹 漁家傲（秋思）

塞下秋來風景異，衡陽雁去無留意。四面邊聲連角起。千嶂裏，長煙落日孤城閉。濁酒

一杯家萬里，燕然未勒歸無計。羌管悠悠霜滿地。人不寐，將軍白髮征夫淚。（據《全宋詞》）

〔6〕夏英公　夏竦（九八四—一零五零），字子喬，曾為宰相，封英國公，北宋詞人。

〔7〕夏竦　喜遷鶯

霞散綺，月垂鉤。簾捲未央樓。夜涼河漢截天流，宮闕鎖清秋。　瑤階曙，金莖露。鳳髓香和煙霧。三千珠翠擁宸遊，水殿按涼州。（據《全宋詞》）

黃昇《花庵詞選》註云：「景德中，水殿按舞，時公翰林內直，上遣中使取新詞，公援毫立成以進，大蒙天獎。」

4（11）

張皋文[1]謂：飛卿[2]之詞「深美閎約」[3]。余謂此四字唯馮正中[4]足以當之。[5]劉融齋[6]謂：「飛卿精艷絕人。」[7]差近之耳。

【註】

〔1〕張皋文　張惠言（一七六一－一八零二），字皋文，清代詞人、詞論家。

〔2〕飛卿　溫庭筠（八一二－約八七零），本名岐，字飛卿，唐代文學家。

〔3〕張惠言《詞選敍》云：「自唐之詞人李白為首，其後韋應物、王建、韓翃、白居易、劉禹錫、皇甫松、司空圖、韓偓並有述造，而溫庭筠最高，其言深美閎約。」（據《詞選》，中華書局本）

周濟《介存齋論詞雜著》云：「詞有高下之別，有輕重之別。飛卿下語鎮紙，端己揭響入雲，可謂極兩者之能事。」「皋文曰：『飛卿之詞，深美閎約。』信然。飛卿醞釀最深，故其言不怒不懾，備剛柔之氣。針縷之密，南宋人始露痕跡，《花間》極有渾厚氣象。如飛卿則神理超越，不復可以跡象求矣；然細繹之，正字字有脈絡。」（據《介存齋論詞雜著．復堂詞話．蒿庵論詞》，人民文學出版社本）

〔4〕馮正中　馮延巳（九零四－九六零），字正中，南唐詞人。

〔5〕陳廷焯《白雨齋詞話》云：「馮正中詞，極沉鬱之致，窮頓挫之妙，纏綿忠厚，與溫、韋相伯仲也。」

〔6〕劉融齋　劉熙載（一八一三－一八八一），字伯簡，一字融齋，清代文學家。

〔7〕劉熙載《藝概．詞曲概》云：「溫飛卿詞精妙絕人，然類不出乎綺怨。」（據上海古籍出版社本）

5（13）

南唐中主[1]詞「菡萏香銷翠葉殘，西風愁起綠波間」[2]，大有「眾芳蕪穢」[3]「美人遲暮」[4]之感。乃古今獨賞其「細雨夢回雞塞遠，小樓吹徹玉笙寒」[5]，故知解人正不易得。[6]

【註】

〔1〕南唐中主　李璟（九一六—九六一），五代南唐中主，本名景通，改名瑤，後名璟，字伯玉，詞人。

〔2〕李璟　攤破浣溪沙

菡萏香銷翠葉殘，西風愁起綠波間。還與韶光共憔悴，不堪看！　細雨夢回雞塞遠，小樓吹徹玉笙寒。多少淚珠無限恨！倚闌干。（據《李璟李煜詞》，人民文學出版社本）

〔3〕屈原《離騷》：「余既滋蘭之九畹兮，又樹蕙之百畝。畦留夷與揭車兮，雜杜衡與芳芷。冀枝葉之峻茂兮，願俟時乎吾將刈。雖萎絕其亦何傷兮，哀眾芳之蕪穢。」（據朱熹《楚辭集注》，上海古籍出版社本）

〔4〕屈原《離騷》：「日月忽其不淹兮，春與秋其代序。惟草木之零落兮，恐美人之遲暮。」（同上）

〔5〕馬令《南唐書．馮延巳傳》云：「元宗樂府詞云『小樓吹徹玉笙寒』。延巳有『風乍起，吹皺一池春水』之句。皆為警策。元宗嘗戲延巳曰：『「吹皺一池春水」，干卿何事？』延巳曰：『未若陛下「小樓吹徹玉笙寒」。』元宗悅。」（據《墨海金壺》本）

胡仔《苕溪漁隱叢話》引《雪浪齋日記》云：「荊公問山谷云：『作小詞曾看李後主詞否？』云：『曾看。』荊公云：『何處最好？』山谷以『一江春水向東流』為對。荊公云：『未若「細雨夢回雞塞遠，小樓吹徹玉笙寒」，又「細雨濕流光」最好。』」（據人民文學出版社本，上冊）按：王安石誤把南唐中主詞和馮延巳詞當作後主詞。

〔6〕陳廷焯《白雨齋詞話》云：「南唐中宗《山花子》云：『還與韶光共憔悴，不堪看。』沉之至，鬱之至，淒然欲絕。後主雖善言情，卒不能出其右也。」

吳梅《詞學通論》云：「中宗諸作，自以《山花子》二首為最。……此詞之佳在於沉鬱。

夫『菡萏銷翠』『愁起西風』與『韶光』無涉也。而在傷心人見之，則夏景繁盛亦易摧殘，與春光同此憔悴耳。故一則曰『不堪看』，一則曰『何限恨』。其頓挫空靈處，全在情景融洽，不事雕琢，淒然欲絕。至『細雨』『小樓』二語，為『西風愁起』之點染語，煉詞雖工，非一篇中之至勝處，而世人競賞此二語，亦可謂不善讀者矣。」

6（19）

馮正中詞雖不失五代風格，而堂廡特大[1]，開北宋一代風氣。[2]中、後二主[3]皆未逮其精詣。《花間》[4]於南唐人詞中雖錄張泌[5]作，而獨不登正中隻字，豈當時文采為功名所掩耶？[6]

【校】

「中、後二主皆未逮其精詣……文采為功名所掩耶？」通行本作「與中、後二主詞皆在《花間》範圍之外，宜《花間集》中不登其隻字也。」

【註】

〔1〕堂廡特大　境界更開闊，氣度更恢宏。

〔2〕劉熙載《藝概．詞曲概》云：「馮延巳詞，晏同叔得其俊，歐陽永叔得其深。」馮煦《唐五代詞選敍》云：「吾家正中翁，鼓吹南唐，上翼二主，下啓歐、晏，實正變之樞貫，短長之流別。」（據商務印書館本）《蒿庵論詞》云：「詞至南唐，二主作於上，正中和於下，詣微造極，得未曾有。宋初諸家，靡不祖述二主，憲章正中，譬之歐、虞、褚、薛之書，皆出逸少。」（據《介存齋論詞雜著．復堂詞話．蒿庵論詞》，人民文學出版社本）

〔3〕中、後二主　南唐中主（參見第5條註〔1〕）和南唐後主。後主李煜（九三七—九七八），字重光，詞人。

〔4〕《花間》《花間集》，五代後蜀趙崇祚編，選錄晚唐五代十八家詞五百首。

〔5〕張泌　南唐詞人。

〔6〕龍榆生《唐宋名家詞選》云：「《花間集》多西蜀詞人，不採二主及正中詞，當由道里隔絕，又年歲不相及，有以致然。非因流派不同，遂爾遺置也。王説非是。」（據開明書店一九三四年版）

7（56）

大家之作，其言情也必沁人心脾，其寫景也必豁人耳目。其辭脫口而出無矯揉裝束之態。[1]以其所見者真，所知者深也。持此以衡古今之作者，百不失一。此余所以不免有北宋後無詞之嘆也。

【校】

通行本在「所知者深也」下，多出「詩詞皆然」四字，「百不失一」作「可無大誤」，無「此余所以不免有北宋後無詞之嘆也」。

【註】

〔1〕王國維《宋元戲曲考序》云：「往者讀元人雜劇而善之；以為能道人情，狀物態，詞采俊拔，而出乎自然，蓋古所未有，而後人所不能彷彿也。」《宋元戲曲考》云：「然元劇最佳之處，不在其思想結構，而在其文章。其文章之妙，亦一言以蔽之曰：有意境而已矣。何以謂之有意境？曰：寫情則沁人心脾，寫景則在人耳目，述事則如其口

出是也。古詩詞之佳者，無不如是。元曲亦然。」（據《王國維戲曲論文集》）

8（33）

美成[1]詞深遠之致不及歐[2]、秦[3]，唯言情體物，窮極工巧，故不失為第一流之作者。但恨創調之才多，創意之才少耳。[4]

【註】

〔1〕美成　周邦彥（一零五七—一一二一），字美成，北宋詞人。

〔2〕歐　歐陽修，參見第2條註〔2〕。

〔3〕秦　秦觀（一零四九—一一零零），字少游、太虛，號淮海居士，北宋詞人。

〔4〕陳振孫《直齋書錄解題》云：「清真詞多用唐人詩語檃括入律，渾然天成，長調尤善鋪敘，富艷精工，詞人之甲乙也。」（據《叢書集成初編》本）強煥《題周美成詞》云：「公之詞，其摹寫物態，曲盡其妙。」（據《宋六十名家詞·片玉詞》，四部備要本）

張炎《詞源》云：「美成詞只當看他渾成處，於軟媚中有氣魄，採唐詩融化如自己者，乃其所長；惜乎意趣卻不高遠。」（據《詞源注．樂府指迷箋釋》，人民文學出版社本）

沈義父《樂府指迷》云：「凡作詞當以清真為主。蓋清真最為知音，且無一點市井氣，下字運意，皆有法度，往往自唐宋諸賢詩句中來，而不用經史中生硬字面，此所以為冠絕也。」（同上）

周濟《宋四家詞選目錄序論》云：「清真，集大成者也。」「清真渾厚，正於鈎勒處見。他人一鈎勒便刻削，清真愈鈎勒、愈渾厚。」（據《介存齋論詞雜著．復堂詞話．蒿庵論詞》）

劉熙載《藝概．詞曲概》云：「周美成詞，或稱其無美不備。余謂論詞莫先於品。美成詞信富艷精工，只是當不得一個貞字。是以士大夫不肯學之，學之則不知終日意縈何處矣。」「周美成律最精審，史邦卿句最警煉。然未得為君子之詞者，周旨蕩而史意貪也。」

陳廷焯《白雨齋詞話》云：「詞至美成，乃有大宗，前收蘇、秦之終，後開姜、史之始，自有詞人以來，不得不推為巨擘。後之為詞者，亦難出其範圍。然其妙處，亦不外沉鬱頓挫。頓挫則有姿態，沉鬱則極深厚。極有姿態，又極深厚，詞中三昧亦盡於此矣。」

9（34）

詞最忌用替代字。美成《解語花》[1]之「桂華流瓦」，境界極妙，惜以「桂華」二字代「月」耳。夢窗[2]以下則用代字更多。其所以然者，非意不足，則語不妙也。蓋語妙則不必代，意足則不暇代。此少游[3]之「小樓連苑」「繡轂雕鞍」[4]所以為東坡[5]所譏也。[6]

【註】

〔1〕周邦彥　解語花（元宵）

風銷焰蠟，露浥烘爐，花市光相射。桂華流瓦。纖雲散，耿耿素娥欲下。衣裳淡雅。看楚女、纖腰一把。簫鼓喧、人影參差，滿路飄香麝。　因念都城放夜。望千門如晝，嬉笑遊冶。鈿車羅帕。相逢處，自有暗塵隨馬。年光是也。唯只見、舊情衰謝。清漏移，飛蓋歸來，從舞休歌罷。（據《全宋詞》）

〔2〕夢窗　吳文英（約一二零零—約一二六零），字君特，號夢窗、覺翁，南宋詞人。

〔3〕少游　秦觀，參見第8條註〔3〕。

〔4〕秦觀　水龍吟

小樓連遠橫空，下窺繡轂雕鞍驟。朱簾半卷，單衣初試，清明時候。破暖輕風，弄晴微雨，欲無還有。賣花聲過盡，斜陽院落，紅成陣、飛鴛甃。　玉佩丁東別後，悵佳期、參差難又。名韁利鎖，天還知道，和天也瘦。花下重門，柳邊深巷，不堪回首。念多情，但有當時皓月，向人依舊。（據《全宋詞》）

〔5〕東坡　蘇軾（一零三六——一一零一），字子瞻，號東坡居士，北宋文學家。

〔6〕黃昇《花庵詞選》云：「秦少游自會稽入京，見東坡。……（東坡）問別作何詞，秦舉『小樓連苑橫空，下窺繡轂雕鞍驟』。坡云：『十三個字，只說得一個人騎馬樓前過。』秦問先生近著，坡云：『亦有一詞說樓上事。』乃舉『燕子樓空，佳人何在，空鎖樓中燕』。晁無咎在座，云：『三句說盡張建封燕子樓一段事，奇哉。』」

10（35）

沈伯時[1]《樂府指迷》云：「說桃不可直說桃，須用『紅雨』[2]『劉郎』[3]等字，說柳不可直說破柳，須用『章臺』[4]『灞岸』[5]等事。」[6]若惟恐人不用替代字者。果以是為工，則古今類書具在，又安用詞為耶？宜其為《提要》所譏也。[7]

【註】

〔1〕沈伯時　沈義父，字伯時，南宋詞論家。

〔2〕李賀《將進酒》：「況是青春日將暮，桃花亂落如紅雨。」王實甫《西廂記》：「相見時，紅雨紛紛點綠苔。」

〔3〕劉郎　劉禹錫。《舊唐書．劉禹錫傳》：「（王）叔文敗，（劉禹錫）坐貶連州刺史，在道，貶朗州司馬。……禹錫在朗州十年……元和十年，自武陵召還。宰相復欲置之郎署。時禹錫作《遊玄都觀詠看花諸君子》詩，語涉譏刺，執政不悅，復出為播州刺史。……改授連州刺史。去京師又十餘年，連刺數郡。太和二年，自和州刺史征還，拜主客郎中。禹錫銜前事未已，復作《遊玄都觀詩》。……其前篇有『玄都觀裏桃千樹，總是劉郎去後栽』之句，後篇有『種桃道士今何在，前度劉郎今又來』之句。」（據中華書局本）

〔4〕漢長安章臺下街名章臺街，乃歌妓聚居之所。孟棨《本事詩》敍韓翃與柳氏悲歡離合

故事，中有韓翃寄柳氏詩云：「章臺柳，章臺柳，往日依依今在否？縱使長條似舊垂，亦應攀折他人手。」

〔5〕灞岸即灞陵岸。灞水流經長安東灞陵，有橋名灞橋。送客至此，折柳贈別。王粲《七哀詩》：「南登霸陵岸，回首望長安。」李白《憶秦娥》：「年年柳色，霸陵傷別。」戎昱《途中寄李二》：「楊柳煙含灞岸春，年年攀折為行人。」（或作李益詩）羅隱《送進士臧濆下第後歸池州》：「柳攀灞岸強遮袂，水憶池陽淥滿心。」

〔6〕沈義父《樂府指迷》「語句須用代字」條云：「煉句下語，最是緊要。如説桃，不可直説破桃，須用『紅雨』『劉郎』等字；説柳，不可直説破柳，須用『章臺』『灞岸』等字。又用事，如曰『銀鉤空滿』，便是書字了，不必更説書字；『玉箸雙垂』，便是淚了，不必更説淚。如『綠雲繚繞』，隱然髻髮；『困便湘竹』，分明是簟；正不必分曉，如教初學小兒，説破這是甚物事，方見妙處。往往淺學俗流，多不曉此妙用，指為不分曉，乃欲直捷説破，卻是賺人與耍曲矣。如説情，不可太露。」

〔7〕《四庫全書總目提要》「樂府指迷」條云：「又謂説桃須用『紅雨』『劉郎』等字，説柳須用『章臺』『灞岸』等字，説書須用『銀鉤』等字，説淚須用『玉箸』等字，説髮須用『綠雲』等字，説簟須用『湘竹』等字，不可直捷説破。其意欲避鄙俗，而不

知轉成塗飾，亦非確論。」（據商務印書館本）

蔡嵩雲《樂府指迷箋釋》引《人間詞話》上條和此條後，云：「說某物，有時直說破，便了無餘味，倘用一二典故印證，反覺別增境界。但斟酌題情，揣摩辭氣，亦有時以直說破為顯豁者。謂詞必須用替代字，固失之拘，謂詞必不可用替代字，亦未免失之迂矣。美成《解語花》『桂華流瓦』句，單看似欠分曉，然合下句『纖雲散，耿耿素娥欲下』觀之，則寫元夜明月，而兼用雙關之筆，何等精妙！雖用替代字，不害其為佳。《人間詞話》稱其造境，而惜其以桂華二字代月，語殊未然。……至於說某物，既用事暗點，不必更明說。若已暗點，又用明說，疊床架屋，成何章法？而市井賺人耍曲，其詞往往如此。彼只知說破為妙，而不曉不說破之妙。」

11（43）

南宋詞人，白石[1]有格而無情，劍南[2]有氣而乏韻。其堪與北宋人頡頏者，唯一幼安耳。近人祖南宋而祧北宋，以南宋之詞可學，北宋不可學也。學南宋者，不祖白石，則祖夢窗，以白石、夢窗可學，幼安不可學也。[3]學幼安者，率祖其粗獷、滑稽，以其粗獷、滑稽處可學，佳處不可學也。同時白石、龍洲[4]學幼安之作[5]且如此，況他人乎？其實幼安詞之佳者，如《摸魚兒》《賀新郎》（送茂嘉）、《青玉案》（元夕）、《祝英台近》[6]等，俊偉幽咽，固獨有千古，其他豪放之處亦有「橫素波、干青雲」[7]之概，寧夢窗輩齷齪小生所可語耶？[8]

【校】

「同時白石、龍洲學幼安之作」至「寧夢窗輩齷齪小生所可語耶？」通行本作「幼安之佳處，在有性情，有境界。即以氣象論，亦有『橫素波、干青雲』之概，寧後世齷齪小生所可擬耶？」

【註】

〔1〕白石　姜夔（約一一五五—約一二二一），字堯章，號白石道人，南宋詞人。

〔2〕劍南　陸游（一一二五—一二一零），字務觀，號放翁，南宋詩人。有《劍南詩稿》《渭南文集》。

〔3〕王氏所說「近人祖南宋而祧北宋，以南宋之詞可學，北宋不可學也。……」主要是針

對清代詞學中的浙派而言。

朱彝尊《詞綜．發凡》云：「世人言詞，必稱北宋。然詞至南宋，始極其工，至宋季而始極其變。姜堯章氏最為傑出。」（據《詞綜》，上海古籍出版社本）《黑蝶齋詩餘序》云：「詞莫善於姜夔，宗之者張輯、盧祖皋、史達祖、吳文英、蔣捷、王沂孫、張炎、周密、陳允平、張翥、楊基，皆具夔之一體。」（據《曝書亭全集》，四部備要本）

厲鶚《張今涪紅螺詞序》云：「嘗以詞譬之畫，畫家以南宗勝北宗。稼軒、後村諸人，詞之北宗也；清真、白石諸人，詞之南宗也。」（據《樊榭山房文集》，四部備要本）

對於浙派的流弊，在王氏之前已有人提出批評。

吳衡照《蓮子居詞話》云：「詞至南宋始極其工，秀水創此論，為明季人孟浪言詞者示救病刀圭，意非不足。夫北宋也，蘇之大、張之秀、柳之艷、秦之韻、周之圓融，南宋諸老何以尚茲！」

文廷式《雲起軒詞鈔序》云：「詞家至南宋而極盛，亦至南宋而漸衰。……詞者，遠繼風騷，近沿樂府，豈小道歟？自朱竹垞以玉田為宗，所選《詞綜》，意旨枯寂。後人繼之，尤為冗漫。以二窗為祖禰，視辛、劉若仇讎。家法若斯，庸非巨謬。二百年來，不為籠絆者，蓋亦僅矣。」（據光緒丁未南陵徐氏刊本）（其他詞論家對浙派的批評，

參見第66條）

清代詞學中的常州派，對於浙派推尊南宋，貶低北宋，尤其是過份抬高姜夔，深致不滿。但他們對南宋詞人一般也不否定，尤其是對吳文英、王沂孫等人更是推崇備至。王氏這裏也有對常州派的批評。

〔4〕龍洲　劉過（一一五四—一二零六），字改之，號龍洲道人，南宋詞人。

〔5〕白石、龍洲學幼安之作　姜夔有的詞模仿辛棄疾詞的風格，如《漢宮春》（次韻稼軒）（次韻稼軒蓬萊閣）、《永遇樂》（次稼軒北固樓詞韻）。黃昇在《花庵詞選》中認為劉過詞學辛棄疾，如《沁園春》（送辛幼安弟赴桂林官）（寄辛稼軒）（寄辛承旨）等作品就可以明顯看出這一點。王國維認為，這些作品僅僅學到了辛詞的「粗獷滑稽處」，而沒有學到「佳處」。

〔6〕辛棄疾　摸魚兒（淳熙己亥，自湖北漕移湖南，同官王正之置酒小山亭，為賦）

更能消、幾番風雨，匆匆春又歸去。惜春長怕花開早，何況落紅無數。春且住。見説道、天涯芳草無歸路。怨春不語。算只有殷勤，畫檐蛛網，盡日惹飛絮。　長門事，準擬佳期又誤。蛾眉曾有人妒。千金縱買相如賦，脈脈此情誰訴？君莫舞。君不見、玉環飛燕皆塵土！閒愁最苦。休去倚危欄，斜陽正在，煙柳斷腸處。

賀新郎（別茂嘉十二弟。鵜鴂杜鵑實兩種，見《離騷補注》）

綠樹聽鵜鴂。更那堪、鷓鴣聲住，杜鵑聲切。啼到春歸無尋處，苦恨芳菲都歇。算未抵、人間離別。馬上琵琶關塞黑，更長門翠輦辭金闕。看燕燕，送歸妾。　將軍百戰聲名裂。向河梁回頭萬里，故人長絕。易水蕭蕭西風冷，滿座衣冠似雪。正壯士、悲歌未徹。啼鳥還知如許恨，料不啼、清淚長啼血。誰共我，醉明月！

祝英台近（晚春）

寶釵分，桃葉渡，煙柳暗南浦。怕上層樓，十日九風雨。斷腸片片飛紅，都無人管；更誰勸、啼鶯聲住？　鬢邊覷。試把花卜歸期，才簪又重數。羅帳燈昏，哽咽夢中語：是他春帶愁來，春歸何處，卻不解、帶將愁去。（據《稼軒詞編年箋注》）

〔7〕語出蕭統《陶淵明集序》，參見第62條註〔3〕。

《青玉案》（元夕），見第2條註〔3〕。

〔8〕劉克莊《辛稼軒集序》云：「公所作大聲鏜鞳，小聲鏗鍧，橫絕六合，掃空萬古，自有蒼生以來所無。其穠纖綿密者亦不在小晏、秦郎之下。」（據《稼軒詞編年箋注．附錄》）

彭孫遹《金粟詞話》云：「稼軒之詞，胸有萬卷，筆無點塵，激昂排宕，不可一世。」（據《詞話叢編》本）

周濟《介存齋論詞雜著》云：「稼軒不平之鳴，隨處輒發，有英雄語，無學問語，故往往鋒穎太露。然其才情富艷，思力果鋭，南北兩朝，實無其匹，無怪流傳之廣且久也。」「後人以粗豪學稼軒，非徒無其才，並無其性。稼軒固是才大，然情至處，後人萬不能及。」

劉熙載《藝概．詞曲概》云：「稼軒詞龍騰虎擲，任古書中理語、廋語，一經運用，便得風流，天姿是何夐異！」「蘇、辛皆至情至性人，故其詞瀟灑卓犖，悉出於溫柔敦厚。世或以粗獷託蘇辛，固宜有視蘇、辛為別調者哉！」

謝章鋌《賭棋山莊詞話》云：「學稼軒，要於豪邁中見精緻。近人學稼軒，只學得莽字、粗字，無怪闌入打油惡道。試取辛詞讀之，豈一味叫囂者所能望其頂踵？」「晏、秦之妙麗，源於李太白、溫飛卿；姜、史之清真，源於張志和、白香山。惟蘇、辛在詞中，則藩籬獨闢矣。讀蘇、辛詞，知詞中有人，詞中有品，不能自為菲薄。然辛以畢生精力注之，比蘇尤為橫出。」（據《詞話叢編》本）

陳廷焯《白雨齋詞話》云：「辛稼軒，詞中之龍也，氣魄極雄大，意境卻極沉鬱。不善學之，流入叫囂一派，論者遂集矢於稼軒，稼軒不受也。」

12（49）

周介存[1]謂：夢窗詞之佳者，如「水光雲影，搖蕩綠波，撫玩無極，追尋已遠。」[2]余覽《夢窗甲乙丙丁稿》中，實無足當此者。有之，其唯「隔江人在雨聲中，晚風菰葉生秋怨」[3]二語乎？

【註】

〔1〕周介存　周濟（一七八一—一八三九），字保緒，一字介存，晚號止庵，清代詞人、詞論家。

〔2〕周濟《介存齋論詞雜著》云：「夢窗非無生澀處，總勝空滑。況其佳者，天光雲影，搖蕩綠波，撫玩無斁，追尋已遠。」

〔3〕吳文英　踏莎行

潤玉籠綃，檀櫻倚扇。繡圈猶帶脂香淺。榴心空疊舞裙紅。艾枝應壓愁鬟亂。　午夢千山，窗陰一箭。香瘢新褪紅絲腕。隔江人在雨聲中，晚風菰葉生秋怨。（據《全宋詞》）

13（刪1）

白石之詞，余所最愛者亦僅二語，曰：「淮南皓月冷千山，冥冥歸去無人管。」[1]

【註】

〔1〕姜夔 踏莎行（自沔東來，丁未元日，至金陵，江上感夢而作）

燕燕輕盈，鶯鶯嬌軟，分明又向華胥見。夜長爭得薄情知？春初早被相思染。 別後書辭，別時針線，離魂暗逐郎行遠。淮南皓月冷千山，冥冥歸去無人管。（據夏承燾《姜白石詞編年箋校》，中華書局本）

14（50）

夢窗之詞，吾得取其詞中之一語以評之，曰：「映夢窗淩亂碧。」[1]玉田[2]之詞，亦得取其詞中之一語以評之，曰：「玉老田荒。」[3]

【註】

〔1〕吳文英　秋思（荷塘為括蒼名姝求賦其聽雨小閣）

堆枕香鬟側。驟夜聲、偏稱畫屏秋色。風碎串珠，潤侵歌板，愁壓眉窄。動羅箑清商，寸心低訴敘怨抑。映夢窗，零亂碧。待漲綠春深，落花香汎，料有斷紅流處，暗題相憶。　歡酌。檐花細滴。送故人、粉黛重飾。漏侵瓊瑟。丁東敲斷，弄晴月白。怕一曲、霓裳未終，催去驂鳳翼。嘆謝客、猶未識。漫瘦卻東陽，燈前無夢到得。路隔重雲雁北。（據《全宋詞》）

〔2〕玉田　張炎（一二四八—？），字叔夏，號玉田、樂笑翁，南宋詞人、詞論家。

〔3〕張炎　祝英台近（與周草窗話舊）

水痕深，花信足，寂寞漢南樹。轉首青陰，芳事頓如許。不知多少消魂，夜來風雨。猶夢到、斷紅流處。　最無據。長年息影空山，愁入庾郎句。玉老田荒，心事已遲暮。幾回聽得啼鵑，不如歸去。終不似、舊時鸚鵡。（據《全宋詞》）

王國維對於南宋姜夔以下的格律派詞人基本上持否定態度（參見第23條）。這一條以「映夢窗凌亂碧」評吳文英詞（六字中「夢窗」為吳文英號，實際上是以「凌亂」

二字作為吳詞評語），以「玉老田荒」評張炎詞（四字中「玉田」為張炎號，實際上是以「老」「荒」二字作為張詞評語）正具體表現了這種觀點。吳、張詞，歷代詞論家雖也有人表示不滿，但大體上持肯定態度者居多，現輯錄有關評論，以資參照。

論吳文英詞：

尹煥云：「求詞於吾宋者，前有清真，後有夢窗，此非煥之言，四海之公言也。」（《花庵詞選》引）

張炎《詞源》云：「吳夢窗詞，如七寶樓臺，眩人眼目，碎拆下來，不成片段。」

沈義父《樂府指迷》云：「夢窗深得清真之妙，其失在用事下語太晦處，人不可曉。」

周濟《宋四家詞選目錄序論》云：「夢窗奇思壯采，騰天潛淵，返南宋之清泚，為北宋之穠摯。」「夢窗立意高，取徑遠，皆非余子所及。惟過嗜餖飣，以此被議。若其虛實並到之作，雖清真不過也。」

況周頤《蕙風詞話》云：「重者，沉着之謂。在氣格，不在字句。於夢窗詞庶幾見之。即其芬菲鏗麗之作，中間雋句艷字，莫不有沉摯之思，灝瀚之氣，挾之以流轉。今人玩索而不能盡，則其中所存者厚。沉着者，厚之發見乎外者也。」「夢窗與蘇、辛二公，實殊流而同源。其見為不同，則夢窗致密其外耳。」（據《蕙風詞話·人間詞話》，

人民文學出版社本）

陳洵《海綃說詞》云：「天祚斯文，鐘美君特，水樓賦筆，年少承平，使北宋之緒微而復振。尹煥謂『前有清真，後有夢窗』，信乎其知言矣！」「飛卿嚴妝，夢窗亦嚴妝，惟其國色，所以為美。若不觀其倩盼之質，而徒眩其珠翠，則飛卿且譏，何止夢窗。玉田所謂『碎拆不成片段』者，眩其珠翠耳。」（據《詞話叢編》本）

論張炎詞：

仇遠《山中白雲序》云：「讀《山中白雲詞》，意度超元，律呂協洽……方之古人，當與白石老仙相鼓吹。」「古人有言：鉛汞交煉而丹成，情景交煉而詞成，指迷妙訣，吾將從叔夏北面而求之。」（據《山中白雲詞》，光緒娛園刊本）

周濟《宋四家詞選目錄序論》云：「玉田才本不高，專恃磨礱雕琢，裝頭作腳，處處妥當，後人翕然宗之。」（參見第65條註〔3〕。）

劉熙載《藝概．詞曲概》云：「張玉田詞，清遠蘊藉，悽愴纏綿，大段瓣香白石，亦未嘗不轉益多師，即《探芳信》之次韻草窗，《瑣窗寒》之悼碧山，《西子妝》之效夢窗可見。」

15（刪2）

雙聲疊韻之論盛於六朝，唐人猶多用之。至宋以後則漸不講，並不知二者為何物。乾嘉[1]間，吾鄉周松靄先生春[2]著《杜詩雙聲疊韻譜括略》，正千餘年之誤，可謂有功文苑者矣。其言曰：「兩字同母謂之雙聲，兩字同韻謂之疊韻。」余按：用今日各國文法通用之語表之，則兩字同一子音者謂之雙聲。（如《南史．羊元〔玄〕保傳》之「官家恨狹，更廣八分」，官、家、更、廣四字皆從k得聲。《洛陽伽藍記》之「獰奴慢罵」，獰、奴二字皆從n得聲，慢、罵二字皆從m得聲是也。）兩字同一母音者，謂之疊韻。（如梁武帝[3]之「後牖有朽柳」，後、牖、有三字雙聲而兼疊韻，有、朽、柳三字其母音皆為u。劉孝綽[4]之「梁皇長康強」，梁、長、強三字其母音皆為ian[5]也。）[6]自李淑[7]《詩苑》偽造沈約[8]之說，以雙聲疊韻為詩中八病之二[9]，後世詩家多廢而不講，亦不復用之於詞。余謂苟於詞之蕩漾處用疊韻，促節處用雙聲，則其鏗鏘可誦必有過於前人者。惜世之專講音律者，尚未悟此也。（按：此條原已刪去）

【註】

〔1〕乾嘉　乾隆（一七三六—一七九五），清高宗弘曆年號；嘉慶（一七九六—一八二零），清仁宗顒琰年號。

〔2〕周松靄　周春，字屯兮，號松靄，清代學術家。

〔3〕梁武帝　名蕭衍（四六四—五四九）。

〔4〕劉孝綽（四八一—五三九），南北朝梁代文學家。

〔5〕ian 應為 iang。

〔6〕葛立方《韻語陽秋》引陸龜蒙詩序：「疊韻起自梁武帝，云：『後牖有朽柳。』當時侍從之臣皆倡和。劉孝綽云：『梁王長康強。』沈休文云：『偏眠船舷邊。』庾肩吾云：『載碓每礙埭。』自後用此體作為小詩者多矣，如王融所謂『園蘅炫紅花，湖行曄黃葉』，溫庭筠所謂『棲息消心象，檐楹溢艷陽』，皆效雙聲而為之者也。」（據何文煥《歷代詩話》，中華書局本）

〔7〕李淑　字獻臣，北宋人，《宋史》有傳（李若谷傳附），有《詩苑類格》，佚。王應麟《玉海》「《寶元詩苑類格》」一條：「二年（寶元為宋仁宗年號，二年為一零三九年——

引者），翰林學士李淑承詔編為三卷。上卷首以真宗御制八篇，條解聲律為常格，別二篇為變格，又以沈約而下二十二人評詩者次之。中卷敘古詩雜體三十門。下卷敘古人體制別有六十七門。」（據浙江書局本）

〔8〕沈約（四四一—五一三），字休文，南北朝梁代文學家。

〔9〕周春《杜詩雙聲疊韻譜括略》引李淑《詩苑》：「梁沈約云：詩病有八，……七曰旁紐，八曰正紐（謂十字內兩字雙聲為「正紐」，若不共一字而有雙聲為「旁紐」，如「流六」為正紐，「流柳」為旁紐。」）。周春案：「正紐、旁紐，皆指雙聲而言，觀神珙之圖，自可悟入。若此註所云，則旁紐即疊韻矣，非。」（據舊刻本）

16（刪3）

昔人但知雙聲之不拘四聲，不知疊韻亦不拘平、上、去三聲。凡字之同母者，雖平仄有殊皆疊韻也。（按：此條原已刪去）

17（刪4）

詩至唐中葉以後，殆為羔雁之具[1]矣。故五代北宋之詩，佳者絕少，而詞則為其極盛時代。即詩詞兼擅如永叔、少游者，亦詞勝於詩遠甚。以其寫之於詩者，不若寫之於詞者之真也。至南宋以後，詞亦為羔雁之具，而詞亦替矣。此亦文學升降之一關鍵也。

【校】

此條亦見《文學小言》，但「故五代北宋之詩」下，王氏自註「除一二大家外」；「而詞亦替矣」下，自註「除稼軒一人外」。

【註】

〔1〕羔雁之具　羔雁，小羊與雁。古代卿大夫相見時的禮品。《禮記・曲禮》：「凡贄，天子鬯，諸侯圭，卿羔，大夫雁。」「羔雁之具」在這裏意為禮聘應酬之物。

18（20）

馮正中詞除《鵲踏枝》《菩薩蠻》[1]十數闋最煊赫外，如《醉花間》[2]之「高樹鵲銜巢，斜月明寒草」，余謂韋蘇州[3]之「流螢渡高閣」[4]，孟襄陽[5]之「疏雨滴梧桐」[6]不能過也。

【註】

〔1〕馮延巳《陽春集》載《鵲踏枝》十四首，《菩薩蠻》九首，現各選三首。（另有三首《鵲踏枝》見第33條註〔1〕、第57條註〔4〕和第118條註〔4〕。）

鵲踏枝

誰道閒情拋擲久？每到春來，惆悵還依舊。日日花前常病酒，敢辭鏡裏朱顏瘦。　河畔青蕪堤上柳。為問新愁，何事年年有？獨立小樓風滿袖，平林新月人歸後。

蕭索清秋珠淚墜。枕簟微涼，展轉渾無寐。殘酒欲醒中夜起，月明如練天如水。　階下寒聲啼絡緯。庭樹金風，悄悄重門閉。可惜舊歡攜手地，思量一夕成憔悴。

六曲闌干偎碧樹。楊柳風輕，展盡黃金縷。誰把鈿箏移玉柱？穿簾海燕驚飛去。　滿眼游絲兼落絮。紅杏開時，一霎清明雨。濃醉覺來鶯亂語，驚殘好夢無尋處。

菩薩蠻

梅花吹入誰家笛？行雲半夜凝空碧。攲枕不成瞑，關山人未還。聲隨幽怨絕，空斷澄霜月。月影下重簷，輕風花滿簾。

西風嫋嫋凌歌扇，秋期正與行人遠。花葉脫霜紅，流螢殘月中。蘭閨人在否，千里重樓暮。翠被已銷香，夢隨寒漏長。

攲鬟墮髻搖雙槳，採蓮晚出清江上。顧影約流萍，楚歌嬌未成。相逢顰翠黛，笑把珠璫解。家住柳陰中，畫橋東復東。（據《陽春集》四印齋本）

〔2〕馮延巳　醉花間

晴雪小園春未到。池邊梅自早。高樹鵲銜巢，斜月明寒草。　山川風景好。自古金陵道。少年看卻老。相逢莫厭醉金杯，別離多，歡會少。（同上）

〔3〕韋蘇州　韋應物（七三七—約七九零），唐代詩人，曾任蘇州刺史。

〔4〕韋應物　寺居獨夜寄崔主簿

幽人寂不寐，木葉紛紛落。寒雨暗深更，流螢渡高閣。坐使青燈曉，還傷夏衣薄。寧

知歲方晏，離居更蕭索。（據《全唐詩》）

〔5〕孟襄陽　孟浩然（六八九或六九一——七四零），唐代詩人，襄陽人。

〔6〕王士源《孟浩然集序》云：「（浩然）閒遊秘省，秋月新霽，諸英華賦詩作會。浩然句云：『微雲淡河漢，疏雨滴梧桐。』舉坐嗟其清絕，咸閣筆不復為繼。」（據《孟浩然集》，四部備要本）

19（21）

歐九《浣溪沙》[1]詞「綠楊樓外出鞦韆」。晁補之[2]謂只一「出」字便後人所不能道。[3]余謂此本於正中《上行杯》[4]詞「柳外鞦韆出畫牆」，但歐語尤工耳。

【註】

〔1〕歐陽修　浣溪沙

堤上遊人逐畫船，拍堤春水四垂天，綠楊樓外出鞦韆。　白髮戴花君莫笑，六么催拍盞頻傳，人生何處似尊前？（據《全宋詞》）

〔2〕晁補之（一零五三—一一一零），字無咎，號歸來子，北宋文學家。

〔3〕吳曾《能改齋漫錄》引晁無咎評本朝樂章云：「歐陽永叔《浣溪沙》云：『堤上遊人逐畫船，拍堤春水四垂天。綠楊樓外出鞦韆。』要皆絕妙。然只一『出』字自是後人道不到處。」（據中華書局本，下冊）龍榆生《唐宋名家詞選》云：「唐王摩詰寒食城東即事詩云：『蹴鞠屢過飛鳥上，鞦韆競出垂楊裏。』歐公用『出』字，蓋本此。」（據上海古籍出版社本）

〔4〕馮延巳　上行杯

落梅着雨消殘粉，雲重煙輕寒食近。羅幕遮香，柳外鞦韆出畫牆。　春山顛倒釵橫鳳，飛絮入簾春睡重。夢裏佳期，衹許庭花與月知。（據《陽春集》）

20（36）

美成《青玉案》[1]詞「葉上初陽乾宿雨。水面清圓，一一風荷舉」。此真能得荷之神理者。[2]覺白石《念奴嬌》《惜紅衣》[3]二詞猶有隔霧看花之恨。

【註】

〔1〕《青玉案》應作《蘇幕遮》。

周邦彥　蘇幕遮

燎沉香，消溽暑。鳥雀呼晴，侵曉窺檐語。葉上初陽乾宿雨。水面清圓，一一風荷舉。　故鄉遙，何日去。家住吳門，久作長安旅。五月漁郎相憶否。小楫輕舟，夢入芙蓉浦。（據《全宋詞》）

〔2〕所謂「得荷之神理」，即「模寫物態，曲盡其妙」。（參見《人間詞話附錄》（一）第4條）

〔3〕姜夔　念奴嬌

〔予客武陵，湖北憲治在焉。古城野水，喬木參天，予與二三友日蕩舟其間，薄荷花而飲。意象幽閒，不類人境。秋水且涸，荷葉出地尋丈，因列坐其下，上不見日，清風徐來，綠雲自動，間於疏處窺見遊人畫船，亦一樂也。朅來吳興，數得相羊荷花中。又夜泛西湖，光景奇特。故以此句寫之。〕

鬧紅一舸，記來時嘗與鴛鴦為侶。三十六陂人未到，水佩風裳無數。翠葉吹涼，玉容銷酒，更灑菰蒲雨。嫣然搖動，冷香飛上詩句。　日暮青蓋亭亭，情人不見，爭忍凌波去。只恐舞衣寒易落，愁入西風南浦。高柳垂陰，老魚吹浪，留我花間住。田田多少，幾回沙際歸路。

惜紅衣

〔吳興號水晶宮，荷花盛麗。陳簡齋云：「今年何以報君恩？一路荷花相送到青墩。」亦可見矣。丁未之夏，予遊千巖，數往來紅香中，自度此曲，以無射宮歌之。〕

簟枕邀涼，琴書換日，睡餘無力。細灑冰泉，并刀破甘碧。牆頭喚酒，誰問訊城南詩客。岑寂，高柳晚蟬，説西風消息。　虹梁水陌，魚浪吹香，紅衣半狼藉。維舟試望，故國眇天北。可惜渚邊沙外，不共美人遊歷。問甚時同賦、三十六陂秋色。（據《姜白石詞編年箋校》）

21（刪5）

曾純甫[1]中秋應制作《壺中天慢》[2]詞。自註云：「是夜西興亦聞天樂。」謂宮中樂聲聞於隔岸也。[3]毛子晉[4]謂：「天神亦不以人廢言。」[5]近馮夢華[6]復辨其誣。[7]不解「天樂」二字文義，殊笑人也。

【註】

〔1〕曾純甫　曾覿（一一零九—一一八零），字純甫，南宋詞人。

〔2〕曾覿　壺中天慢

〔此進御月詞也。上皇大喜曰：「從來月詞不曾用『金甌』事，可謂新奇。」賜金束帶、紫番羅、水晶碗，上亦賜寶盞。至一更五點還宮。是夜西興亦聞天樂焉。〕

素飆漾碧，看天衢穩送、一輪明月。翠水瀛壺人不到，比似世間秋別。玉手瑤笙，一時同色，小按霓裳疊。天津橋上，有人偷記新闋。　當日誰幻銀橋，阿瞞兒戲，一笑成癡絕。肯信群仙高宴處，移下水晶宮闕。雲海塵清，山河影滿，桂冷吹香雪。何勞玉斧，金甌千古無缺。（據《宋六十名家詞．海野詞》，四部備要本）

〔3〕四水潛夫（周密）輯《武林舊事》云：「淳熙九年八月十五日，……上皇（宋高宗——引者）曰：『今日中秋，天氣甚清，夜間必有好月色，可少留看月了去。』上（宋孝宗——引者）恭領聖旨，……待月初上，簫韶齊興，縹緲相應，如在霄漢。……侍宴官開府曾覿恭上《壺中天慢》一首（略，見註〔2〕——引者）。上皇曰：『從來月詞不曾用金甌事，可謂新奇。』賜金束帶、紫番羅、水晶碗一副。上亦賜寶盞古香。至一

更五點還內。是夜隔江西興，亦聞天樂之聲。」（據西湖書社本）

〔4〕毛子晉 毛晉（一五九九—一六五九），字子晉，明末清初藏書家、出版家。

〔5〕毛晉跋《海野詞》：「（曾覿）不時賦詞進御，賞賚甚渥。至進月詞一夕，西興共聞天樂，豈天神亦不以人廢言耶？」（同上）

〔6〕馮夢華 馮煦（一八四三—一九二七），字夢華，號蒿庵，近代詞論家。

〔7〕馮煦《蒿庵論詞》云：「曾純甫賦進御月詞，其自記云：『是夜西興亦聞天樂。』子晉遂謂天神亦不以人廢言。不知宋人每好自神其說。白石道人尚欲以巢湖風駛歸功於《平調滿江紅》，於海野何譏焉？」（據《介存齋論詞雜著·復堂詞話·蒿庵論詞》）

22（42）

古今詞人格調之高無如白石。惜不於意境上用力，故覺無言外之味，弦外之響，[1]終落第二手。（按：此五字原已刪去）其志清峻則有之，其旨遙深則未也。[2]

【校】

「終落第二手」至「其旨遙深則未也」，通行本作「終不能與於第一流之作者也」。

【註】

〔1〕司空圖《與李生論詩書》云：「文之難而詩尤難。古今之喻多矣，愚以為辨於味而後可以言詩也。江嶺之南，凡足資於適口者，若醯、非不酸也，止於酸而已；若鹺、非不鹹也，止於鹹而已，中華之人所以充飢而遽輟者，知其鹹酸之外，醇美有所乏耳。……近而不浮，遠而不盡，然後可以言韻外之致耳。」（據《詩品集解·續詩品注》，人民文學出版社本）

〔2〕陳郁《藏一話腴》云：「白石道人姜堯章……意到語工，不期於高遠而自高遠。」（據《豫章叢書》本）

張炎《詞源》云：「詞要清空，不要質實；清空則古雅峭拔，質實則凝澀晦昧。姜白石詞如野雲孤飛，去留無跡。」

劉熙載《藝概·詞曲概》云：「姜白石詞幽韻冷香，令人挹之無盡。擬諸形容，在樂則琴，在花則梅也。詞家稱白石曰白石老仙。或曰：畢竟與何仙相似？曰：藐姑冰雪蓋為近之。」

周濟《介存齋論詞雜著》云：「白石詞如明七子詩，看是高格響調，不耐人細思。」

陳廷焯《白雨齋詞話》云：「白石詞，以清虛為體，而時有陰冷處，格調最高。」

23（刪35）

梅溪[1]、夢窗、中仙[2]（按：二字原已刪去）、玉田、草窗[3]、西麓[4]諸家，詞雖不同，然同失之膚淺。雖時代使然，亦其才分有限也。近人棄周鼎而寶康瓠[5]，實難索解。

【註】

〔1〕梅溪　史達祖，字邦卿，號梅溪，南宋詞人。

〔2〕中仙　王沂孫，字聖與，號碧山、中仙，南宋詞人。

〔3〕草窗　周密（一二三二—約一二九八），字公謹，號草窗、蘋洲、四水潛夫，南宋文學家。

〔4〕西麓　陳允平（一二零五？—一二八五？），字君衡，號西麓，南宋詞人。

〔5〕賈誼《弔屈原》：「烏虖哀哉兮，逢時不祥！……斡棄周鼎，寶康瓠兮。騰駕罷牛，驂蹇驢兮。驥垂兩耳，服鹽車兮。」（註：斡，轉也。康瓠，瓦盆底也。蹇，跛也。驥，駿馬也。）（據朱熹《楚辭集注》）

24

余填詞不喜作長調，尤不喜用人韻。偶爾遊戲，作《水龍吟》詠楊花用質夫[1]、東坡倡和韻[2]，作《齊天樂》詠蟋蟀用白石韻[3]，皆有與晉代興[4]之意。余之所長殊不在是，世之君子寧以他詞稱我。

【註】

〔1〕質夫　章楶，字質夫。他的《水龍吟（楊花）》和蘇軾的和作參見第27條註〔1〕〔2〕。

〔2〕王國維　水龍吟（楊花。用章質夫蘇子瞻唱和韻）

開時不與人看，如何一霎濛濛墜。日長無緒，迴廊小立，迷離情思。細雨池塘，斜陽院落，重門深閉。正參差欲住，輕衫掠處，又特地因風起。　花事闌珊到汝，更休尋、滿枝瓊綴。算人只合，人間哀樂，者般零碎。一樣飄零，寧為塵土，勿隨流水。怕盈盈、一片春江，都貯得離人淚。（據《海寧王靜安先生遺書·苕華詞》）

〔3〕

姜夔　齊天樂

（丙辰歲，與張功父會飲張達可之堂，聞屋壁間蟋蟀有聲，功父約予同賦，以授歌者；功父先成，辭甚美；予徘徊茉莉花間，仰見秋月，頓起幽思，尋亦得此。蟋蟀中都呼為促織，善鬥。好事者或以三、二十萬錢致一枚，鏤象齒為樓觀以貯之。）

庾郎先自吟愁賦，淒淒更聞私語。露濕銅鋪，苔侵石井，都是曾聽伊處。哀音似訴，正思婦無眠，起尋機杼。曲曲屏山，夜涼獨自甚情緒。　西窗又吹暗雨。為誰頻斷繼，相和砧杵。候館迎秋，離宮吊月，別有傷心無數。豳詩漫與，笑籬落呼燈，世間兒女。寫入琴絲，一聲聲更苦。（宣政間，有士大夫制蟋蟀吟）（據《姜白石詞編年箋校》）

王國維　齊天樂（蟋蟀。用姜石帚原韻）

天涯已自愁秋極，何須更聞蟲語。乍響瑤階，旋穿繡闥，更入畫屏深處。喁喁似訴。有幾許哀絲，佐伊機杼。一夜東堂，暗抽離恨萬千緒。　空庭相和秋雨。又南城罷柝，西院停杵。試問王孫，蒼茫歲晚，那有閒愁無數。宵深謾與。怕夢穩春酣，萬家兒女。不識孤吟，勞人床下苦。（據《海寧王靜安先生遺書．苕華詞》）

〔4〕與晉代興　語出《國語．鄭語》史伯為桓公（周厲王少子——引者）論興衰：「（桓）公曰：『若國衰，諸姬其孰興？』對曰：『……武王之子，應韓不在，其在晉乎！』……及平王之末，而秦、晉、齊、楚代興。」王國維在這裏是說自己和韻詞，繼承了古人的長處，與古人原作相比毫無愧色。

25（刪36）

余友沈昕伯紘[1]自巴黎寄余《蝶戀花》一闋云：「簾外東風隨燕到。春色東來，循我來時道。一霎圍場生綠草，歸遲卻怨春來早。　錦繡一城春水繞。庭院笙歌，行樂多年少。着意來開孤客抱，不知名字閒花鳥。」此詞當在晏氏父子[2]間，南宋人不能道也。

【註】

〔1〕沈紘，字昕伯，王國維就讀於東文學社時同學。

〔2〕晏氏父子　指北宋詞人晏殊和晏幾道（字叔原，號小山，殊第七子）。

26

樊抗夫[1]謂余詞如《浣溪沙》之「天末同雲」、《蝶戀花》之「昨夜夢中」「百尺高樓」「春到臨春」[2]等闋，鑿空而道，開詞家未有之境。余自謂才不若古人，但於力爭第一義處，古人亦不如我用意耳。

【註】

〔1〕樊炳清，字抗夫，王國維就讀於東文學社時同學。

〔2〕王國維　浣溪沙

天末同雲黯四垂，失行孤雁逆風飛。江湖寥落爾安歸？　陌上金丸看落羽，閨中素手試調醢。今朝歡宴勝平時。

蝶戀花

昨夜夢中多少恨。細馬香車，兩兩行相近。對面似憐人瘦損，眾中不惜搴帷問。　陌上輕雷聽隱轔。夢裏難從，覺後那堪訊？蠟淚窗前堆一寸，人間只有相思分。

百尺朱樓臨大道。樓外輕雷，不間昏和曉。獨倚闌干人窈窕，閒中數盡行人少。　一霎車塵生樹杪。陌上樓頭，都向塵中老。薄晚西風吹雨到，明朝又是傷流潦。

春到臨春花正嫵。遲日闌干，蜂蝶飛無數。誰遣一春拋卻去，馬蹄日日章臺路。　幾度尋春春不遇。不見春來，那識春歸處？斜日晚風楊柳渚，馬頭何處無飛絮。（據《海寧王靜安先生遺書．苕華詞》）

27（37）

東坡楊花詞[1]和韻而似原唱，章質夫詞[2]原唱而似和韻。才之不可強也如是。[3]

【註】

〔1〕蘇軾　水龍吟（次韻章質夫楊花詞）

似花還似非花，也無人惜從教墜。拋家傍路，思量卻是，無情有思。縈損柔腸，困酣嬌眼，欲開還閉。夢隨風萬里，尋郎去處。又還被、鶯呼起。　不恨此花飛盡，恨西園、落紅難綴。曉來雨過，遺蹤何在？一池萍碎。春色三分，二分塵土，一分流水。細看來，不是楊花，點點是離人淚。（據龍榆生《東坡樂府箋》）

〔2〕章楶　水龍吟

燕忙鶯懶花殘，正堤上，柳花飄墜。輕飛亂舞，點畫青林，全無才思。閒趁游絲，靜臨深院，日長門閉。傍珠簾散漫，垂垂欲下，依前被、風扶起。　蘭帳玉人睡覺，怪春衣、雪霑瓊綴。繡床漸滿，香毬無數，才圓卻碎。時見蜂兒，仰黏輕粉，魚吞池水。望章臺路杳，金鞍遊蕩，有盈盈淚。（據《草堂詩餘》，四印齋刻本）

〔3〕關於這兩首詞的高低優劣，歷來有不同意見。

朱弁《曲洧舊聞》云：「章楶質夫作《水龍吟》詠楊花，其命意用事清麗可喜。東坡和之，若豪放不入律呂。徐而視之，聲韻諧婉，便覺質夫詞有織繡工夫。晁叔用云：『東坡如毛嬙、西施，淨洗卻面與天下婦人鬥好，質夫豈可比耶？』」（據《知不足齋叢書》本）

魏慶之《詩人玉屑》云：「章質夫詠楊花詞，東坡和之。晁叔用云（見前引，略——引者），是則然矣。余以為質夫詞中，所謂『傍珠簾散漫，垂垂欲下，依前被、風扶起』，亦可謂曲盡楊花妙處。東坡所和雖高，恐未能及。詩人議論不公如此耳。」（據中華書局本，下冊）

張炎《詞源》云：「東坡次章質夫楊花《水龍吟》韻，機鋒相摩，起句便合讓東坡出一頭地，後片愈出愈奇，真是壓倒今古。」

許昂霄《詞綜偶評》云：「（和作）與原作均是絕唱，不容妄為軒輊。」（據《詞話叢編》本）

28

叔本華[1]曰：「抒情詩，少年之作也。敍事詩及戲曲，壯年之作也。」余謂：抒情詩，國民幼稚時代之作也。敍事詩，國民盛壯時代之作也。故曲則古不如今。（元曲誠多天籟，然其思想之陋劣，佈置之粗笨，千篇一律令人噴飯。[2]至本朝之《桃花扇》《長生殿》[3]諸傳奇，則進矣。）詞則今不如古。蓋一則以佈局為主，一則須佇興而成故也。

【註】

〔1〕叔本華（一七八八—一八六零），德國唯心主義哲學家。他在《世界是意志和表象》中說：「少年人僅僅只適於作抒情詩，並且要到成年人才適於寫戲劇。至於老年人，最多只能想像他們是史詩的作家。」（據石沖白譯本，書名譯為《作為意志和表象的世界》）

〔2〕隨着對中國古代戲曲史研究的進展，王國維對元雜劇的看法有了很大的發展和變化。在隨後的戲曲研究專著中，他對元曲給以高度評價。他說：「凡一代有一代之文學：楚之騷、漢之賦、六朝之駢語、唐之詩、宋之詞、元之曲，皆所謂一代之文學，而後世莫能繼焉者也。」「往者讀元人雜劇而善之，以為能道人情，狀物態，詞采俊拔而出乎自然，蓋古所未有，而後人所不能彷佛也。」（《宋元戲曲考序》）「元曲之佳處何在？一言以蔽之，曰：自然而已矣。古今之大文學，無不以自然勝，而莫著於元曲。」（《宋元戲曲考》）「明昌一編，盡金源之文獻；吳興《百種》，抗皇元之風雅，百年之風會成焉，三朝之人文繫焉。」（《曲錄自序》，以上均據《王國維戲曲論文集》）

〔3〕《桃花扇》和《長生殿》是清代傳奇中最著名的作品。前者作者為孔尚任（一六四八—一七一八），後者作者為洪昇（一六四五?—一七零四）。

29（刪6）

北宋名家以方回[1]為最次，其詞如歷下、新城[2]之詩，非不華贍，惜少真味。[3]至宋末諸家[4]，僅可譬之腐爛制藝[5]，乃諸家之享重名者且數百年，始知世之幸人不獨曹蜍、李志[6]也。[7]（按：「至宋末諸家……不獨曹蜍、李志也」，原已刪去）

【校】

通行本無王氏原已刪去之一段。

【註】

〔1〕方回　賀鑄（一零五二—一一二五），字方回，北宋詞人。

〔2〕歷下、新城　歷下，李攀龍（一五一四—一五七零），字于鱗，號滄溟，歷城（今山東濟南）人，明代作家，「後七子」之一。新城，王士禛（一六三四—一七一一），字貽上，號阮亭，別號漁洋山人，新城（今山東垣台）人，清代作家。

〔3〕王國維《文學小言》云：「宋以後之能感自己之感，言自己之言者，其惟東坡乎！山谷可謂能言其言矣，未可謂能感所感也。遺山以下亦然。若國朝之新城，豈徒言一人之言而已哉，所謂『鶯偷百鳥聲』者也。」（據《海寧王靜安先生遺書·靜庵文集續編》）

〔4〕宋末諸家　指南宋詞人史達祖、吳文英、陳允平、周密、王沂孫、張炎等人。參見第23條。

〔5〕制藝　科舉考試的八股文。

〔6〕劉義慶《世説新語》：「（庾道季云）『廉頗、藺相如雖千載上死人，懍懍恆如有生氣；曹蜍、李志雖見在，厭厭如九泉下人』。」（據四部備要本）

〔7〕賀鑄詞，宋人一般評價比較高。張耒云：賀詞「高絕一世」，「夫其盛麗如游金、張之堂，而妖冶如攬嬙、施之祛，幽潔如屈、宋，悲壯如蘇、李」。（《東山詞序》）王灼稱其能「自成一家」（《碧雞漫志》）。陸游稱其「詩文皆高，不獨工長短句也」（《老學庵筆記》）。張炎稱其「善於煉字面」（《詞源》）。李清照對賀鑄有微詞，

云：「賀詞苦少典重。」（《苕溪漁隱叢話》引）

清代浙派和常州派詞論家一般也不否定賀鑄。清末陳廷焯對賀詞評價甚高：「方回詞，胸中眼中，另有一種傷心說不出處，全得力於楚騷而運以變化，允推神品。」「方回詞極沉鬱，而筆勢卻又飛舞，變化無端，不可方物，吾烏乎測其所至。」（《白雨齋詞話》）此外，劉體仁云：「惟片言而居要，乃一篇之警策。詞有警句則全首俱動。若賀方回，非不楚楚，總拾人牙慧，何足比數。」（《七頌堂詞繹》）這和王氏意見相近。

30（刪7）

散文易學而難工，駢文難學而易工。近體詩易學而難工，古體詩難學而易工。小令易學而難工，長調難學而易工。

【校】

王國維之意似為：格律較為簡單，形式較為自由者「易學而難工」；格律嚴格或繁複者「難學而易工」。若此理解不誤，則「近體詩易學而難工，古體詩難學而易工」係王氏筆誤，當改為「古體詩易學而難工，近體詩難學而易工」。

31（1）

詞以境界為最上。有境界則自成高格，自有名句。[1]五代北宋之詞所以獨絕者在此。

【註】

〔1〕王國維云：「原夫文學之所以有意境者，以其能觀也。出於觀我者，意餘於境。而出於觀物者，境多於意。然非物無以見我，而觀我之時又自有我在。故二者常互相錯綜，能有所偏重，而不能有所偏廢也。文學之工不工，亦視意境之有無與其深淺而已。」（參見《人間詞話附錄》（一）第2條）「山谷云：『天下清景，不擇賢愚而與之，然吾特疑端為我輩設。』誠哉是言！抑豈獨清景而已，一切境界無不為詩人設。世無詩人即無此種境界。夫境界之呈於吾心而見於外物者，皆須臾之物。惟詩人能以此須

臾之物，鐫諸不朽之文字，使讀者自得之。遂覺詩人之言，字字為我心中所欲言，而又非我之所能自言，此大詩人之秘妙也。」（參見《人間詞話附錄》（一）第5條）「文學中有二原質焉：曰景，曰情。前者以描寫自然及人生之事實為主，後者則吾人對此種事實之精神的態度也。故前者客觀的，後者主觀的也；前者知識的，後者感情的也。自一方面言之，則必吾人之胸中洞然無物，而後其觀物也深，而其體物也切，即客觀的知識，實與主觀的情感為反比例。自他方面言之，則激動之感情，亦得為直觀之對象、文學之材料，而觀物與其描寫之也，亦有無限之快樂伴之。要之，文學者，不外知識與感情交代之結果而已。苟無銳敏之知識與深邃之感情者，不足與於文學之事。」（《文學小言》）「文學之事，其內足以攄己，而外足以感人者，意與境二者而已。上焉者意與境渾，其次或以境勝，或以意勝。苟缺其一，不足以言文學。」（參見《人間詞話附錄》（一）第2條）「詩歌之題目，皆以描寫自己深邃之感情為主。其寫景物也，亦必以自己深邃之感情為之素地，而始得於特別之境遇中，用特別之眼觀之。」（《屈子文學之精神》，以上均據《海寧王靜安先生遺書》）

叔本華《世界是意志和表象》云：「拋開個人利害關係，拋開主觀成份，純粹客觀地觀察事物，並且全神貫注在事物上……以前在意志之路上追求而往往失諸〔之〕交臂的寧靜心情便立刻不促而至，那就對我們好極了。這是絕無痛苦的境界，伊壁鳩魯把它推崇為最高的善神的境界，……伊克西翁的飛輪屹然停止。」「天才的本質就在於從事這種靜觀的卓越能力。」「（天才）有充份的自覺，使人能以深思熟慮的技巧來再現所體會到的東西。把在心中浮動的飄忽的形象固定為經久的思想。」（據繆靈珠先生未刊譯稿，以下凡引叔本華語均據此，不另註。）

劉勰《文心雕龍．物色》云：「歲有其物，物有其容；情以物遷，辭以情發。……詩人感物，聯類不窮；流連萬象之際，沉吟視聽之區；寫氣圖貌，既隨物以宛轉；屬采附聲，亦與心而徘徊。」（據范文瀾《文心雕龍注》，人民文學出版社本）

歐陽修《六一詩話》引梅堯臣語云：「狀難寫之景，如在目前；含不盡之意，見於言外。」（據《六一詩話．白石詩說．滹南詩話》，人民文學出版社本）

姜夔《白石詩說》云：「意中有景，景中有意。」（同上）

范晞文《對床夜語》評杜詩云：「景無情不發，情無景不生。」「情景相觸而莫分。」

黃昇《花庵詞選》引姜夔論史達祖詞云：「融情景於一家，會句意於兩得。」

（據《知不足齋叢書》本）

張炎《詞源》云：「情景交煉，得言外意。」

謝榛《四溟詩話》云：「作詩本乎情景，孤不自成，兩不相背。……景乃詩之媒，情乃詩之胚，合而為詩，以數言而統萬形，元氣渾成，其浩無涯矣。」「凡作詩要情景俱工。」（據《四溟詩話．姜齋詩話》，人民文學出版社本）

王夫之《姜齋詩話》云：「情景雖有在心在物之分。而景生情，情生景，哀樂之觸，榮悴之迎，互藏其宅。」「情景名為二，而實不可離。神於詩者，妙合無垠。巧者則有情中景，景中情。」（同上）

宋徵璧云：「情景者，文章之輔車也。故情以景幽，單情則露；景以情妍，獨景則滯。今人景少情多。當是寫及月露，慮鮮真意。然善述情者，多寓諸景，梨花、榆火、金井、玉鈎，一經染翰，使人百思，哀樂移神，不在歌慟也。」（沈雄《古今詞話》引，據《詞話叢編》本）

況周頤《蕙風詩話》云：「詞境以深靜為至。韓持國《胡搗練令》過拍云：『燕子漸歸春悄。簾幕垂清曉。』境至靜矣，而此中有人，如隔蓬山。思之思之，遂由淺而見深。蓋寫景與言情，非二事也。善言情者，但寫景而情在其中。此等境界，唯北宋人詞往往有之。」

32（2）

有造境，有寫境。此理想與寫實二派之所由分。然二者頗難區別。因大詩人所造之境，必合乎自然，所寫之境，必鄰於理想故也。[1]

【註】

〔1〕參見第37條註。

33（3）

有有我之境，有無我之境。「淚眼問花花不語，亂紅飛過鞦韆去」[1]，「可堪孤館閉春寒，杜鵑聲裏斜陽暮」[2]，有我之境也。「採菊東籬下，悠然見南山」[3]，「寒波淡淡起，白鳥悠悠下」[4]，無我之境也。有我之境，物皆著我之色彩。[5]無我之境，不知何者為我，何者為物。[6]此即主觀詩與客觀詩之所由分也。（按：此十四字原已刪去）古人為詞，寫有我之境者為多，然非不能寫無我之境，此在豪傑之士能自樹立耳。

【校】

「有我之境，物皆著我之色彩。無我之境，不知何者為我，何者為物。」通行本作：「有我之境，以我觀物，[7]故物皆著我之色彩。無我之境，以物觀物，[8]故不知何者為我，何者為物。」又，無「此即主觀詩與客觀詩之所由分也。」

【註】

〔1〕馮延巳　鵲踏枝

庭院深深深幾許？楊柳堆煙，簾幕無重數。玉勒雕鞍遊冶處，樓高不見章臺路。　雨橫風狂三月暮。門掩黃昏，無計留春住。淚眼問花花不語，亂紅飛過鞦韆去。（據《陽春集》）

〔2〕秦觀　踏莎行

霧失樓臺，月迷津渡。桃源望斷無尋處。可堪孤館閉春寒，杜鵑聲裏斜陽暮。　驛寄梅花，魚傳尺素。砌成此恨無重數。郴江幸自繞郴山，為誰流下瀟湘去？（據《全

宋詞》）

〔3〕陶潛　飲酒二十首（之五）

結廬在人境，而無車馬喧。問君何能爾，心遠地自偏。採菊東籬下，悠然見南山。山氣日夕佳，飛鳥相與還。此還有真意，欲辨已忘言。（據逯欽立校註《陶淵明集》，中華書局本）

〔4〕元好問　潁亭留別（同李治仁卿、張肅子敬、王元亮子正分韻得「畫」字）

故人重分攜，臨流駐歸駕。乾坤展清眺，萬景若相借。北風三日雪，太素秉元化。九山鬱崢嶸，了不受陵跨。寒波澹澹起，白鳥悠悠下。懷歸人自急，物態本閒暇。壺觴負吟嘯，塵土足悲吒。回首亭中人，平林澹如畫。（據《元詩別裁集》，上海古籍出版社本）

〔5〕叔本華《世界是意志和表象》云：「在抒情詩和抒情的心境中，……主觀的心情，意志的影響，把它的色彩染上所見的環境。」

〔6〕叔本華《世界是意志和表象》云：「每當我們達到純粹客觀的靜觀心境，從而能夠喚起一種幻覺，彷彿只有物而沒有我存在的時候，……物與我就完全融為一體。」

〔7〕

〔8〕邵雍《皇極經世．緒言》云：「聖人之所以能一萬物之情者，謂其能反觀也。所以

謂之反觀者，不以我觀物也。不以我觀物者，以物觀物之謂也。既能以物觀物，又安有（我）於其間哉。」「以物觀物，性也；以我觀物，情也。性公而明，情偏而暗。」（黃粵洲註云：「皇極以觀物也，即本物之理觀乎本物，則觀者非我，物之性也。若我之意觀乎是物，則觀者非物，我之情也。性乃公，公乃明。情乃偏，偏致暗。」）（據四部備要本）

34（刪8）

古詩云：「誰能思不歌？誰能飢不食？」[1]詩詞者，物之不得其平而鳴者也。[2]故「歡愉之辭難工，愁苦之言易巧」[3]。

【註】

〔1〕郭茂倩編《樂府詩集》《子夜歌》：「誰能思不歌？誰能飢不食？日冥當戶倚，惆悵底不憶？」（據四部備要本）

〔2〕韓愈《送孟東野序》云：「大凡物不得其平則鳴，……人之於言也亦然。有不得已者

而後言，其歌也有思，其哭也有懷。凡出乎口而為聲者，其皆有弗平者乎？」（據《韓昌黎集》，國學基本叢書本）

〔3〕韓愈《荊潭倡和詩序》云：「夫和平之音淡薄，而愁思之聲要妙，歡愉之辭難工，而窮苦之言易好也。是故文章之作，恆發於羈旅草野。至若王公貴人，氣滿志得，非性能而好之，則不暇以為。」（同上）

朱彝尊《紫雲詞序》云：「昌黎子曰：『歡愉之辭難工，愁苦之言易好。』斯亦善言詩矣。至於詞，或不然。大都歡愉之詞，工者十九，而言愁苦者，十一焉耳。故詩際兵戈俶擾流離瑣尾，而作者愈工。詞則宜於宴嬉逸樂，以歌詠太平，此學士大夫並存焉而不廢也。」（據《曝書亭全集》，四部備要本）

陳廷焯《白雨齋詞話》云：「詩以窮而後工，倚聲亦然。故仙詞不如鬼詞，哀則幽鬱，樂則淺顯也。」

35（6）

境非獨謂景物也，感情亦人心中之境界。故能寫真景物、真感情者謂之有境界，否則謂之無境界。[1]

【校】

「感情」，通行本作「喜怒哀樂」。

【註】

〔1〕王國維《文學小言》云：「『燕燕于飛，差池其羽』。『燕燕于飛，頡之頏之』。『睍睆黃鳥，載好其音』。『昔我往矣，楊柳依依』。詩人體物之妙，侔於造化，然皆出於離人孽子征夫之口，故知感情真者，其觀物亦真。」

36（4）

無我之境，人惟於靜中得之。有我之境，於由動之靜時得之。故一優美，一宏壯也。[1]

【註】

〔1〕叔本華《世界是意志和表象》云：「美是純粹客觀的靜觀心境。」「如果物象是與意志對抗，並以其不可抵抗的力量使得意志感到威脅，或者其不可測量的體積使得意志自慚形穢，但是如果欣賞者……默默靜觀那些威脅意志的物象，……他就充滿了崇高感。」

王國維《叔本華之哲學及其教育學說》云：「美之中又有優美與壯美之別。今有一物，令人忘利害之關係，而玩之而不厭者，謂之曰優美之感情。若其物不利於吾人之意志，而意志為之破裂，唯由知識冥想其理念者，謂之曰壯美之感情。」（據《海寧王靜安先生遺書．靜庵文集》）

37（5）

自然中之物，互相關係，互相限制，故不能有完全之美。然其寫之於文學中也，必遺其關係、限制之處，故雖寫實家亦理想家也。又雖如何虛構之境，其材料必求之於自然，而其構造亦必從自然之法則，故雖理想家亦寫實家也。[1]

【校】

通行本無「故不能有完全之美」。

【註】

〔1〕叔本華《世界是意志和表象》云：「實際的物象幾乎總是它們所表現的理念之極不完全的摹仿，所以天才就需要想像力以洞察事物。那不是說大自然確已創造出來的事物，而是說大自然企圖去創造，但因為事物間自然形式的衝突而未能創造出來的東西。」「天才……不注意事物的聯繫的知識，他忽略了符合充足理由律的那種事物關係的知識，是為了要在事物中只看它們的理念。」「有人會說：藝術摹仿自然而創造了美的東西。……這是多麼固執而愚蠢的成見啊。……美的知識絕不可能純粹是後天的，它總是先天的，至少有一部份是先天的。……只有依賴這種預料，我們才能認識美。……這種預料就是理想。因為它得之於先驗，至少有一半是先驗的，所以它也是理念。而且它對於藝術具有實用意義，因為它符合並且補充我們通過自然後驗地獲得的東西。」王國維《叔本華與尼采》引叔本華《世界是意志和表象》（王氏譯為《意志及觀念之

世界》——引者）云：「美術者，實以靜觀中所得之實念寓諸一物焉而再現之。……而此特別之對象，其在科學中也，則藐然全體之一部份耳，而在美術中則遽而代表其物之種族之全體，空間時間之形式對此而失其效，關係之法則至此而窮於用，故此時之對象非個物而但其實念也。」（據《海寧王靜安先生遺書．靜庵文集》）

38（刪9）

社會上之習慣，殺許多之善人。文學上之習慣，殺許多之天才。

39（55）

詩之三百篇[1]、十九首[2]，詞之五代北宋，皆無題也。非無題也，詩詞中之意不能以題盡之也。自《花庵》[3]《草堂》[4]每調立題，並古人無題之詞亦為之作題，其可笑孰甚。[5]詩詞之題目本為自然及人生。[6]自古人誤以為美刺、投贈、詠史、懷古之用，題目既誤，詩亦自不能佳。後人才不及古人，見古名、大家亦有此等作，遂遺其獨到之處而專學此種，不復知詩詞之本意。於是豪傑之士不得不變其體格，如楚辭、漢之五言詩、唐五代北宋之詞皆是也。故此等文學皆無題。（按：「詩詞之題目，……故此等文學皆無題」一段，原已刪去）詩有題而詩亡，詞有題而詞亡。然中材之士鮮能知此而自振拔者矣。

【校】

通行本無「其可笑孰甚」和原刪去之一段，但在「並古人無題之詞亦為之作題」下，多出「如觀一幅佳山水，而即曰此某山某河，可乎」，後即接「詩有題而詩亡」。

【註】

〔1〕三百篇　《詩經》。

〔2〕十九首　古詩十九首，漢代無名氏作，最早見於蕭統（昭明太子）編《文選》。

〔3〕《花庵》　《花庵詞選》，詞總集。南宋黃昇編，共二十卷。前十卷為《唐宋諸賢絕妙詞選》，選唐、五代、北宋詞人作品。後十卷為《中興以來絕妙詞選》，選南宋詞人作品。

〔4〕《草堂》　《草堂詩餘》，詞總集。編者不詳，或為何士信。主要選宋詞，間有唐五代作品。

〔5〕陳廷焯《白雨齋詞話》云：「古人詞大率無題者多，唐五代人，多以調為詞。自增入『閨情』『閨思』等題，全失古人託興之旨；作俑於《花庵》《草堂》，後世遂相沿襲，最為可厭。至《清綺軒詞選》，乃於古人無題者妄增入一題，誣己誣人，匪獨無識，直是無恥。」

〔6〕王國維《屈子文學之精神》云：「詩歌者，描寫人生者也。（用德國大詩人希爾列爾之定義——王氏原註）此定義未免太狹，今更廣之曰：描寫自然及人生可乎？」（據《海寧王靜安先生遺書．靜庵文集續編》）

40（28）

馮夢華《宋六十一家詞選序》謂：「淮海[1]、小山[2]，古之傷心人也。其淡語皆有味，淺語皆有致。」[3]余謂此唯淮海足以當之。[4]小山矜貴有餘，但稍勝方回耳。古人以秦七[5]、黃九[6]或小晏[7]、秦郎[8]並稱[9]，不圖老子乃與韓非同傳。[10]

【校】

「但稍勝方回耳」至「不圖老子乃與韓非同傳」，通行本作「但可方駕子野[11]、方回，未足抗衡淮海也」。

【註】

〔1〕〔5〕〔8〕淮海、秦七、秦郎　秦觀，參見第8條註〔3〕。

〔2〕〔7〕小山、小晏　晏幾道，參見第25條註〔1〕。

〔3〕馮煦《蒿庵論詞》云：「淮海、小山，真古之傷心人也。其淡語皆有味，淺語皆有致，求之兩宋詞人，實罕其匹。」

〔4〕張炎《詞源》云：「秦少游詞，體制淡雅，氣骨不衰，清麗中不斷意脈，咀嚼無滓，久而知味。」

周濟《宋四家詞選目錄序論》云：「少游最和婉醇正，稍遜清真者辣耳。」「少游意在含蓄，如花初胎，故少重筆。」

馮煦《蒿庵論詞》云：「少游以絕塵之才，早與勝流，不可一世；而一謫南荒，遽喪靈寶，故所為詞，寄慨身世，閒雅有情思，酒邊花下，一往而深，而怨悱不亂，悄乎得《小雅》之遺；後主之後，一人而已。昔張天如論相如之賦云：『他人之賦，賦才也；長卿，賦心也。』予於少游之詞亦云：他人之詞，詞才也；少游，詞心也。得之於內，不可以傳。雖子瞻之明雋，耆卿之幽秀，猶若有瞠乎後者，況其下邪？」（按：陳廷焯《白雨齋詞話》論秦詞引喬笙巢語與馮煦這段話前半意思相近。）

〔6〕黃九　黃庭堅（一零四五—一一零五），字魯直，號山谷道人、涪翁，北宋文學家。

〔9〕陳師道云：「今代詞手，惟秦七、黃九耳，唐諸人不迨也。」（《苕溪漁隱叢話》引）

彭孫遹《金粟詞話》云：「詞家每以秦七、黃九並稱，其實黃不及秦甚遠，猶高之視史，劉之視辛，雖齊名一時，而優劣自不可掩。」（據《詞話叢編》本）

劉熙載《藝概．詞曲概》云：「少游詞有小晏之妍，其幽趣則過之。」「秦少游詞得《花間》《尊前》遺韻，卻能自出清新。」

馮煦《蒿庵論詞》云：「後山以秦七、黃九並稱，其實黃非秦匹也。」

陳廷焯《白雨齋詞話》云：「秦七黃九，並重當時，然黃之視秦，奚啻碔砆之與美玉？詞貴纏綿，貴忠愛，貴沉鬱。黃之鄙俚者無論矣；即以其高者而論，亦不過於倔強中見姿態耳！」

〔10〕司馬遷《史記·老莊申韓列傳》，其中將道家老子和法家韓非合在一起作傳。

〔11〕子野　張先（九九零—一零七八），字子野，北宋詞人。

41（57）

人能於詩詞中不為美刺、投贈、懷古、詠史之篇，不使隸事之句，不用裝飾之字，則於此道已過半矣。[1]

【校】

通行本無「懷古詠史」四字，「裝飾」作「粉飾」。

【註】

〔1〕王國維《論哲學家與美術家之天職》云：「詩歌之方面，則詠史、懷古、感事、贈人之題目彌滿充塞於詩界，而抒情敘事之作什佰不能得一。其有美術上之價值者，僅其寫自然之美之一方面耳。甚至戲曲小説之純文學，亦往往以懲勸為恉。其有美術上之

目的者，世非惟不知貴且加貶焉。」（據《海寧王靜安先生遺書．靜庵文集》）

陳廷焯《白雨齋詞話》云：「無論詩古文詞，推到極處，總以一誠為主。……明乎此，則無聊之酬應與無病之呻吟，皆可不作矣。」

42（58）

以《長恨歌》之壯采，而所隸之事，只「小玉」「雙成」四字[1]，才有餘也。梅村[2]歌行，則非隸事不可。[3]白[4]、吳[5]優劣即於此見。[6]此不獨作詩為然，填詞家亦不可不知也。

【註】

〔1〕白居易《長恨歌》：「金闕西廂叩玉扃，轉教小玉報雙成。」「小玉」為吳王夫差女，「雙成」即董雙成，神話中的西王母侍女。此處借指仙山宮闕中太真侍女。

〔2〕〔5〕梅村、吳：吳偉業（一六零九—一六七二），字駿公，號梅村，清代詩人。

〔3〕吳偉業歌行如《圓圓曲》《永和宮詞》等用典故甚多。

〔4〕白　白居易（七七二—八四六），字樂天，晚號香山居士，唐代詩人。

〔6〕王國維《致豹軒先生函》云：「前作《頤和園詞》一首，雖不敢上希白傅，庶幾追步梅村。蓋白傅能不使事，梅村則專以使事為工。然梅村自有雄氣駿骨，遇白描處尤有深味，非如陳雲伯輩但以秀縟見長，有肉無骨也。」（據日本神田信暢編《王忠慤公遺墨》）

43（刪12）

詞之為體，要眇宜修。[1]能言詩之所不能言，而不能盡言詩之所能言。詩之境闊，詞之言長。[2]

【註】

〔1〕屈原《九歌．湘君》：「君不行兮夷猶，蹇誰留兮中洲，美要眇兮宜修。」（據《楚辭集注》）

〔2〕張惠言《詞選敘》：「詞者……其緣情造端，興於微言，以相感動，極命風謠里巷男

女哀樂，以道賢人君子幽約怨悱不能自言之情，低徊要眇以喻其致。……非苟為雕琢曼辭而已。」（據《詞選》，中華書局本）

繆越《論詞》云：「人有情思，發諸楮墨，是為文章。然情思之精者，其深曲要眇，文章之格調詞句不足以盡達之也，於是有詩焉。文顯而詩隱，文直而詩婉，文質言而詩多比興，文敷暢而詩貴蘊藉，因所載內容之精粗不同，而體裁各異也。詩能言文之所不能言，而不能盡言文之所能言，則又因體裁之不同，運用之限度有廣狹也。詩之所言，固人生情思之精者矣，然精之中復有更細美幽約者焉，詩體又不足以達，或勉強達之，而不能曲盡其妙，於是不得不別創新體，詞遂肇興。……此新體有各種殊異之調，而每調中句法參差，音節抗墜，較詩體為輕靈變化而有彈性，要眇之情，淒迷之境，詩中或不能盡，而此新體反適於表達。……故自其疏闊者言之，詞與詩為同類，而與文殊異；自其精細者言之，詞與詩又不同。詩顯而詞隱，詩直而詞婉，詩有時質言而詞更多比興，詩尚能敷暢而詞尤貴蘊藉。王國維曰（下引本條全文，略——引者）……此其大別矣。」（據《詩詞散論》，上海古籍出版社本）

44（51）

「明月照積雪」[1]「大江流日夜」[2]「澄江淨如練」[3]「山氣日夕佳」[4]「落日照大旗」「中天懸明月」[5]「大漠孤煙直，黃河落日圓」[6]，此等境界可謂千古壯語。求之於詞，則納蘭容若[7]塞上之作，如《長相思》[8]之「夜深千帳燈」，《如夢令》[9]之「萬帳穹廬人醉，星影搖搖欲墜」差近之。

【校】

通行本無「澄江淨如練」「山氣日夕佳」「落日照大旗」「大漠孤煙直」，「壯語」作「壯觀」。

【註】

〔1〕謝靈運　歲暮

殷憂不能寐，苦此夜難頹。明月照積雪，朔風勁且哀。運往無淹物，年逝覺已催。（據《全漢三國晉南北朝詩》上冊，中華書局本）

〔2〕謝朓　暫使下都夜發新林至京邑贈西府同僚

大江流日夜，客心悲未央。徒念關山近，終知反路長。秋河曙耿耿，寒渚夜蒼蒼。引領見京室，宮雉正相望。金波麗鳷鵲，玉繩低建章。驅車鼎門外，思見昭丘陽。馳暉不可接，何況隔兩鄉。風雲有鳥路，江漢限無梁。常恐鷹隼擊，時菊委嚴霜。寄言罻羅者，寥廓已高翔。（同上）

〔3〕謝朓　晚登三山還望京邑

灞涘望長安，河陽視京縣。白日麗飛甍，參差皆可見。餘霞散成綺，澄江靜如練。喧鳥覆春洲，雜英滿芳甸。去矣方滯淫，懷哉罷歡宴。佳期悵何許，淚下如流霰。有情知望鄉，誰能鬒不變。（同上）

〔4〕陶潛《飲酒二十首》（之五）見第33條註〔3〕。

〔5〕杜甫　後出塞五首（之二）

朝進東門營，暮上河陽橋。落日照大旗，馬鳴風蕭蕭。平沙列萬幕，部伍各見招。中天懸明月，令嚴夜寂寥。悲笳數聲動，壯士慘不驕。借問大將誰，恐是霍嫖姚。（據仇兆鰲《杜詩詳注》，中華書局本）

〔6〕王維　使至塞上

單車欲問邊，屬國過居延。征蓬出漢塞，歸雁入胡天。大漠孤煙直，長河落日圓。蕭關逢候吏，都護在燕然。（據《全唐詩》）

〔7〕納蘭容若　納蘭性德（一六五四——一六八五），原名成德，字容若，號楞伽山人，清代詞人。

〔8〕〔9〕納蘭性德　長相思

山一程，水一程。身向榆關那畔行，夜深千帳燈。　風一更，雪一更。聒碎鄉心夢不成，故園無此聲。

如夢令

萬帳穹廬人醉，星影搖搖欲墜。歸夢隔狼河，又被河聲攪碎。還睡，還睡。解道醒來無味。（據陳乃乾編《清名家詞·通志堂詞》）

45（刪13）

言氣質[1]，言格律（按：三字原已刪去），言神韻[2]，不如言境界。有境界，本也。氣質、格律、神韻，末也。有境界而三者隨之矣。

【註】

〔1〕氣質是中國古代文論家常用的概念。曹丕《典論．論文》云：「文以氣為主，氣之清濁有體，不可力強而致。」沈約《宋書．謝靈運傳論》云：「子建、仲宣以氣質為體。」劉勰《文心雕龍．體性》云：「才有庸俊，氣有剛柔，學有淺深，習有雅鄭。並情性所鑠，陶染所凝。是以筆區雲譎，文苑波詭者矣。」這已經接觸到作家的創作個性（風格）問題。

〔2〕司空圖在《二十四詩品》中主張詩歌要有「韻外之致」「味外之旨」，強調沖淡平和的風格，「不著一字，盡得風流」，「遇之匪深，即之愈稀」，要求具有含蓄蘊藉之美。嚴羽在《滄浪詩話》中標舉「興趣」，認為詩歌創作應該「不涉理路，不落言筌」，「羚羊掛角，無跡可求」，「透徹玲瓏，不可湊泊」。王士禛在此基礎上提出「神韻」說，主張詩要「神韻天然」「興會超妙」「興會神到」「得意忘言」。這種理論強調了藝術思維和藝術創作的特點，但卻有脫離現實的傾向，給人一種恍惚迷離、不可捉摸的感覺。

46（7）

「紅杏枝頭春意鬧」[1]，著一「鬧」字而境界全出。「雲破月來花弄影」[2]，著一「弄」字而境界全出矣。[3]

【註】

〔1〕宋祁　玉樓春（春景）

東城漸覺風光好。縠皺波紋迎客棹。綠楊煙外曉寒輕，紅杏枝頭春意鬧。　浮生長恨歡娛少。肯愛千金輕一笑。為君持酒勸斜陽，且向花間留晚照。（據《全宋詞》）

〔2〕張先　天仙子（時為嘉禾小倅，以病眠不赴府會）

水調數聲持酒聽，午醉醒來愁未醒。送春春去幾時回？臨晚鏡，傷流景，往事後期空記省。　沙上並禽池上瞑，雲破月來花弄影。重重簾幕密遮燈。風不定，人初靜。明日落紅應滿徑。（同上）

〔3〕胡仔《苕溪漁隱叢話》引《遯齋閒覽》云：「張子野郎中以樂章擅名一時。宋子京尚書奇其才，先往見之，遣將命者，謂曰：『尚書欲見「雲破月來花弄影」郎中乎？』

子野屏後呼曰：『得非「紅杏枝頭春意鬧」尚書邪？』遂出，置酒盡歡。蓋二人所舉，皆其警策也。」（據人民文學出版社本，前集）

對於「紅杏枝頭春意鬧」和「雲破月來花弄影」，歷代文論家一般是肯定、讚揚的，但也有不同意見。

劉熙載《藝概·詞曲概》云：「詞中句與字，有似觸着者，所謂極煉如不煉也。晏元獻『無可奈何花落去』二句，觸着之句也。宋景文『紅杏枝頭春意鬧』，『鬧』字觸着之字也。」

王士禛《花草蒙拾》云：「『紅杏枝頭春意鬧尚書』，當時傳為美譚。吾友公𪏆（劉體仁，字公𪏆——引者）極嘆之，以為卓絕千古。然實本《花間》『暖覺杏梢紅』，特有青藍冰水之妙耳。」（據《詞話叢編》本）

李漁《窺詞管見》云：「琢句煉字，雖貴新奇，亦須新而妥，奇而確。妥與確總不越一理字。欲望句之驚人，先求理之服眾。時賢勿論，吾論古人。古人多工於此技。有最服余心者，『雲破月來花弄影郎中』是也。有蜚聲千載上而不能服強項之笠翁者，『紅杏枝頭春意鬧尚書』是也。『雲破月來』句，詞極尖新，而實為理之所有。若紅杏之在枝頭，忽然加一『鬧』字，此語殊難著解。爭鬥有聲之謂鬧。桃李爭春則有之。

紅杏鬧春，予實未之見也。『鬧』字可用，則『吵』字、『鬥』字、『打』字皆可用矣。宋子京當日以此噪名，人不呼其姓氏，竟以此作尚書美號，豈由尚書二字起見耶？予謂『鬧』字極粗俗，且聽不入耳，非但不可加於此句，並不當見之詩詞。近日詞中爭尚此字者，子京一人之流毒也。」（據《詞話叢編》本）

錢鍾書《通感》引宋祁「紅杏枝頭春意鬧」和蘇軾「小星鬧若沸」（《夜行觀星》）云：「宋祁和蘇軾所以用『鬧』字，是想把事物的無聲的姿態描繪成好像有聲音，表示他們在視覺裏彷彿獲得了聽覺的感受。用現代心理學或語言學的術語來說，這兩句都是『通感（Synaesthesia）』或『感覺移借』的例子。」「在日常經驗裏，視覺、聽覺、觸覺、嗅覺等等往往可以彼此打通或交通，眼、耳、鼻、身等各個官能的領域可以不分界限。……通感的各種現象裏，最早引起注意的也許是觸覺和視覺向聽覺裏的挪移。……好些描寫通感的詩句都是直接採用了日常生活裏表達這種經驗的習慣語言。……不過，詩人對事物往往突破了一般經驗的感受，有更深刻、更細緻的體會，因此也需要推敲出一些新穎、奇特的字法，例如前面所舉宋祁和蘇軾的兩句。」（見《文學評論》一九六二年第一期）

47（刪14）

「西風吹渭水，落日滿長安。」[1] 美成以之入詞。[2] 白仁甫[3] 以之入曲。[4] 此借古人之境界為我之境界者也。然非自有境界，古人亦不為我用。

【註】

〔1〕賈島　憶江上吳處士

閩國揚帆去，蟾蜍虧復圓。秋風生渭水，落葉滿長安。此地聚會夕，當時雷雨寒。蘭橈殊未返，消息海雲端。（據《全唐詩》）

〔2〕周邦彥　齊天樂（秋思）

綠蕪雕盡臺城路，殊鄉又逢秋晚。暮雨生寒，鳴蛩勸織，深閣時聞裁剪。雲窗靜掩。嘆重拂羅裀，頓疏花簟。尚有練囊，露螢清夜照書卷。　荊江留滯最久，故人相望處，離思何限。渭水西風，長安亂葉，空憶詩情宛轉。憑高眺遠。正玉液新篘，蟹螯初薦。醉倒山翁，但愁斜照斂。（據《全宋詞》）

〔3〕白仁甫　白樸（一二二六—一三零六之後），字太素，號蘭谷，初名恒，字仁甫，元

代雜劇家。

〔4〕白樸《雙調得勝樂（秋）》：「玉露冷。蛩吟砌。聽落葉西風渭水。寒雁兒長空嘹唳。陶元亮醉在東籬。」又，《梧桐雨》雜劇第二折《普天樂》：「傷心故園。西風渭水，落日長安。」

48（8）

境界有大小，然不以是而分高下。「細雨魚兒出，微風燕子斜」[1]，何遽不若「落日照大旗，馬鳴風蕭蕭」[2]？「寶簾閒掛小銀鈎」[3]，何遽不若「霧失樓臺，月迷津渡」[4]也？

【註】

〔1〕杜甫　水檻遣心二首（之一）

去郭軒楹敞，無村眺望賒。澄江平少岸，幽樹晚多花。細雨魚兒出，微風燕子斜。城中十萬戶，此地兩三家。（據《杜詩詳注》）

〔2〕杜甫《後出塞五首》（之二），見第44條註〔5〕。

〔3〕秦觀　浣溪沙

漠漠輕寒上小樓，曉陰無賴似窮秋。淡煙流水畫屏幽。自在飛花輕似夢，無邊絲雨細如愁。寶簾閒掛小銀鈎。（據《全宋詞》）

〔4〕秦觀《踏莎行》，見第33條註〔2〕。

49（刪10）

昔人論詩詞，有景語、情語之別。不知一切景語皆情語也。[1]（按：此條原已刪去）

【註】

〔1〕李漁《窺詞管見》云：「詞雖不出情景二字，然二字亦分主客。情為主，景是客。說景即是說情，非借物遣懷，即將人喻物。有全篇不露秋毫情意，而實句句是情、字字是情者。切勿泥定即景承物之說，為題字所誤，認真做向外面去。」

50

「豈不爾思，室是遠而」。而孔子譏之。[1] 故知孔門而用詞，則牛嶠[2]之「甘作一生拚，盡君今日歡」[3]等作，必不在見刪之數。（按：此條原已刪去）

【註】

〔1〕《論語·子罕》：「『唐棣之花，偏其反爾，豈不爾思，室是遠而。』子曰：『未之思也，夫何遠之有？』」（據《論語正義》，十三經註疏本）

〔2〕牛嶠　字松卿，一字延峰，五代前蜀詞人。

〔3〕牛嶠　菩薩蠻

玉樓冰簟鴛鴦錦，粉融香汗流山枕。簾外轆轤聲，斂眉含笑驚。　柳陰煙漠漠，低鬢蟬釵落。須作一生拚，盡君今日歡。（據李一氓《花間集校》）

51（刪11）

詞家多以景寓情。其專作情語而絕妙者，如牛嶠之「甘作一生拚，盡君今日歡」；顧夐[1]之「換我心為你心，始知相憶深」[2]；歐陽修之「衣帶漸寬終不悔，為伊消得人憔悴」[3]；美成之「許多煩惱，只為當時，一餉留情」[4]，此等詞古今曾不多見。[5]余《乙稿》[6]中頗於此方面有開拓之功。

【校】

通行本無「余《乙稿》中……開拓之功。」

【註】

〔1〕顧夐　五代蜀詞人。

〔2〕顧夐　訴衷情

永夜拋人何處去？絕來音。香閣掩，眉斂，月將沉。爭忍不相尋？怨孤衾。換我心為你心，始知相憶深。（據《花間集校》）

〔3〕歐陽修《蝶戀花》，見第2條註〔1〕。

〔4〕周邦彥　慶宮春

雲接平岡，山圍寒野，路回漸轉孤城。衰柳啼鴉，驚風驅雁，動人一片秋聲。倦途休駕，淡煙裏、微茫見星。塵埃憔悴，生怕黃昏，離思牽縈。　　華堂舊日逢迎。花艷參差，香霧飄零。弦管當頭，偏憐嬌鳳。夜深簧暖笙清。眼波傳意，恨密約、匆匆未成。許多煩惱，只為當時，一餉留情。（據《全宋詞》）

〔5〕賀裳《皺水軒詞筌》云：「小詞以含蓄為佳，亦有作決絕語而妙者。如韋莊『誰家年少足風流。妾擬將身嫁與，一生休。縱被無情棄，不能羞』之類是也。牛嶠『須作一生拚，盡君今日歡』抑亦其次。柳耆卿『衣帶漸寬終不悔，為伊消得人憔悴』亦即韋意，而氣加婉矣。」（據《詞話叢編》本）

〔6〕王國維《人間詞乙稿》。

52（22）

梅聖（按：原誤作舜）俞[1]《蘇幕遮》[2]詞：「落盡梨花春事了。滿地斜陽，翠色和煙老。」興化劉氏謂：少游一生似專學此種。[3] 余謂馮正中《玉樓春》[4] 詞：「芳菲次弟長相續，自是情多無處足。尊前百計得春歸，莫為傷春眉黛促。」少游一生似專學此種。

【校】

末句「少游一生似專學此種」，通行本作「永叔一生似專學此種」。

【註】

〔1〕梅聖俞　梅堯臣（一零零二—一零六零），字聖俞，北宋詩人。

〔2〕梅堯臣　蘇幕遮

露堤平，煙墅杳。亂碧萋萋，雨後江天曉。獨有庾郎年最少。窣地春袍，嫩色宜相照。接長亭，迷遠道。堪怨王孫，不記歸期早。落盡梨花春又了。滿地殘陽，翠色和煙老。（據《全宋詞》）

〔3〕劉熙載《藝概．詞曲概》云：「少游詞有小晏之妍，其幽趣則過之。梅聖俞《蘇幕遮》云：『落盡梅花春又了，滿地斜陽，翠色和煙老。』此一種似為少游開先。」

〔4〕馮延巳　玉樓春

雪雲乍變春雲簇，漸覺年華堪縱目。北枝梅蕊犯寒開，南浦波紋如酒綠。　芳菲次弟長相續，自是情多無處足。尊前百計得春歸，莫為傷春眉黛蹙。（據四印齋本《陽春集》補遺，又見彊村叢書本《尊前集》。）

53（23）

人知和靖[1]《點絳唇》[2]、聖（按：原誤作舜）俞《蘇幕遮》[3]、永叔《少年遊》三闋為詠春草絕調。[4]不知先有馮正中「細雨濕流光」[5]五字，皆能寫春草之魂者也。

【校】

「寫」，通行本作「攝」。

【註】

〔1〕和靖　林逋（九六七—一零二八），字君復，卒諡和靖先生，北宋詩人。

〔2〕林逋　點絳唇

金谷年年，亂生春色誰為主。餘花落處，滿地和煙雨。　又是離歌，一闋長亭暮。王孫去，萋萋無數。南北東西路。（據《全宋詞》）

〔3〕梅堯臣《蘇幕遮》見第52條註〔2〕。

〔4〕吳曾《能改齋漫錄》云：「梅聖俞在歐陽公座，有以林逋草詞『金谷年年，亂生春色誰為主』為美者，聖俞因別為《蘇幕遮》一闋。（下引全文，略——引者）歐公擊節賞之，又自為一詞云：『闌干十二獨憑春，晴碧遠連雲。千里萬里，二月三月，行色苦愁人。　謝家池上，江淹浦畔，吟魄與離魂。那堪疏雨滴黃昏，更特地憶王孫。』蓋《少年遊》令也。不惟前二公所不及，雖置諸唐人溫、李集中，殆與之為一矣。」（據中華書局本，下冊）

〔5〕馮延巳　南鄉子

細雨濕流光，芳草年年與恨長。煙鎖鳳樓無限事，茫茫。鸞鏡鴛衾兩斷腸。　魂夢任悠揚，睡起楊花滿繡床。薄幸不來門半掩，斜陽。負你殘春淚幾行。（據《陽春集》）

54（59）

詩中體制以五言古及五、七言絕句為最尊，七古次之，五、七律又次之，五言排律為最下。蓋此體於寄興言情均不相適，殆與駢體文等耳。詞中小令如五言古及絕句，長調如五、七律，若長調之《沁園春》等闋，則近於五排矣。

【校】

此條通行本作：「近體詩體制，以五、七言絕句為最尊，律詩次之，排律最下。蓋此體於寄興言情，兩無所當，殆有均之駢體文耳。詞中小令如絕句，長調似律詩，若長調之《百字令》《沁園春》等，則近於排律矣。」

55（刪15）

長調自以周、柳、[1]蘇、辛為最工。美成《浪淘沙慢》二詞[2]，精壯頓挫，已開北曲[3]之先聲。若屯田[4]之《八聲甘州》[5]，玉局[6]之《水調歌頭》（中秋寄子由）[7]，則佇興之作，格高千古，不能以常詞論也。[8]

【校】

「玉局」通行本作「東坡」，「常詞」作「常調」。

【註】

〔1〕〔4〕柳、屯田　柳永（約一零零四—一零五四），原名三變，字耆卿，官至屯田員外郎，北宋詞人。

〔2〕周邦彥　浪淘沙慢

晝陰重，霜凋岸草，霧隱城堞。南陌脂車待發，東門帳飲乍闋。正拂面、垂楊堪攬結。掩紅淚、玉手親折。念漢浦離鴻去何許，經時信音絕。　情切。望中地遠天闊。向露冷風清，無人處、耿耿寒漏咽。嗟萬事難忘，唯是離別。翠尊未竭。憑斷雲留取，西樓殘月。　羅帶光銷紋衾疊。連環解、舊香頓歇。怨歌永、瓊壺敲盡缺。恨春去、不與人期，弄夜色，空餘滿地梨花雪。

萬葉戰，秋聲露結，雁度砂磧。細草和煙尚綠，遙山向晚更碧。見隱隱雲邊新月白，映落照、簾幕千家。聽數聲、何處倚樓笛。裝點盡秋色。　脈脈。旅情暗自消釋。念珠玉、臨水猶悲戚，何況天涯客。憶少年歌酒，當時蹤跡。歲華易老。衣帶寬、懊惱心腸終窄。　飛散後、風流人阻，藍橋約、悵恨路隔。馬蹄過、猶嘶舊巷陌。嘆往事、一一堪傷，曠望極。凝思又把闌干拍。（據《全宋詞》）

〔3〕北曲　原指宋元以來北方諸宮調、散曲、戲曲所用的各種曲調。聲調剛健樸實。元雜劇基本上用北曲，所以也用來專指元雜劇。

〔5〕柳永　八聲甘州

對瀟瀟、暮雨灑江天，一番洗清秋。漸霜風淒慘，關河冷落，殘照當樓。是處紅衰翠減，苒苒物華休。惟有長江水，無語東流。　不忍登高臨遠，望故鄉渺邈，歸思難收。嘆年來蹤跡，何事苦淹留。想佳人、妝樓顒望，誤幾回、天際識歸舟。爭知我、倚闌干處，正恁凝愁。（據《全宋詞》）

〔6〕玉局　蘇軾，他曾提舉玉局觀。《宋史．蘇軾傳》：「徽宗立，（從瓊州）移廉州，改舒州團練副使，徙永州。更三大赦，遂提舉玉局觀，復朝奉郎。」

〔7〕蘇軾　水調歌頭（丙辰中秋，歡飲達旦，大醉。作此篇，兼懷子由。）

明月幾時有，把酒問青天。不知天上宮闕，今夕是何年。我欲乘風歸去，又恐瓊樓玉宇，高處不勝寒。起舞弄清影，何似在人間。　轉朱閣，低綺戶，照無眠。不應有恨，何事長向別時圓。人有悲歡離合，月有陰晴圓缺，此事古難全。但願人長久，千里共嬋娟。（據《全宋詞》）

〔8〕吳曾《能改齋漫錄》引晁無咎評本朝樂章云：「世言柳耆卿曲俗，非也。如《八聲甘州》云：『漸霜風淒緊，關河冷落，殘照當樓。』此真唐人語不減高處矣。」（下冊）

胡仔《苕溪漁隱叢話》云：「中秋詞，自東坡《水調歌頭》一出，餘詞盡廢。」（後集）

56（刪16）

稼軒《賀新郎》詞（送茂嘉十二弟）[1]，章法絕妙，且語語有境界，此能品而幾於神者。[2]然非有意為之，故後人不能學也。

【註】

〔1〕見第11條註〔6〕。

〔2〕楊慎《詞品》引陳子宏論辛棄疾《賀新郎》云：「此詞盡集許多怨事，全與李太白《擬恨賦》相似。……蓋曲者曲也，固當以委曲為體，然徒狃於風情婉孌，則亦易厭。回視稼軒所作，豈非萬古一清風哉！」（據《詞話叢編》本）陳廷焯《白雨齋詞話》云：「稼軒詞，自以《賀新郎·別茂嘉十二弟》一篇為冠。沉鬱蒼涼，跳躍動盪，古今無此筆力。」

57（12）

「畫屏金鷓鴣」[1]，飛卿語也，其詞品似之。「弦上黃鶯語」[2]，端己[3]語也，其詞品亦似之。若正中詞品欲於其詞中求之，則「和淚試嚴妝」[4]殆近之歟？

【註】

〔1〕溫庭筠　更漏子

柳絲長，春雨細。花外漏聲迢遞。驚塞雁，起城烏。畫屏金鷓鴣。　香霧薄，透簾幕。惆悵謝家池閣。紅燭背，繡簾垂。夢長君不知。（據《花間集校》）

〔2〕韋莊　菩薩蠻

紅樓別夜堪惆悵，香燈半捲流蘇帳。殘月出門時，美人和淚辭。　琵琶金翠羽，弦上黃鶯語。勸我早歸家，綠窗人似花。（同上）

〔3〕端己　韋莊（八三六—九一零），字端己，五代前蜀詞人。

〔4〕馮延巳　菩薩蠻

嬌鬟堆枕釵橫鳳，溶溶春水楊花夢。紅燭淚闌干，翠屏煙浪遠。　錦壺催畫箭，玉佩天涯遠。和淚試嚴妝，落梅飛曉霜。（據《陽春集》）

58

「暮雨瀟瀟郎不歸」[1]，當是古詞，未必即白傅[2]所作。故白詩云「吳娘夜雨瀟瀟曲，自別蘇州更不聞」[3]也。（按：此條原已刪去）

【註】

〔1〕白居易　長相思

深畫眉，淺畫眉，蟬鬢鬅鬙雲滿衣。陽臺行雨回。　巫山高，巫山低，暮雨瀟瀟郎不歸。空房獨守時。（據《花庵詞選》）

〔2〕白傅　白居易，參見第42條註〔4〕。

〔3〕白居易　寄殷協律

五歲優遊同過日，一朝消散似浮雲。琴詩酒伴皆抛我，雪月花時最憶君。幾度聽雞歌白日，亦曾騎馬詠紅裙。吳娘暮雨瀟瀟曲，自別江南更不聞。（據《白香山集》，文學古籍刊行社本）

59（刪17）

稼軒《賀新郎》[1]詞：「柳暗淩波路。送春歸、猛風暴雨，一番新綠。」又，《定風波》[2]詞：「從此酒酣明月夜，耳熱。」「綠」「熱」二字皆作上去用。與韓玉[3]《東浦詞》《賀新郎》[4]以「玉」「曲」叶「註」「女」，《卜算子》[5]以「夜」「謝」叶「食」「月」，已開北曲四聲通押之祖。

【註】

〔1〕辛棄疾　賀新郎

柳暗凌波路。送春歸、猛風暴雨，一番新綠。千里瀟湘葡萄漲，人解扁舟欲去。又檣燕、留人相語。艇子飛來生塵步，唾花寒、唱我新番句。波似箭，催鳴櫓。　黃陵祠下山無數。聽湘娥，泠泠曲罷，為誰情苦。行到東吳春已暮。正江闊潮平穩渡。望金雀、觚稜翔舞。前度劉郎今重到，問玄都、千樹花存否。愁為倩，么弦訴。（據《稼軒詞編年箋注》）

〔2〕辛棄疾　定風波

金印累累佩陸離，河梁更賦斷腸詩。莫擁旌旗真個去，何處？玉堂元自要論思。　且約風流三學士，同醉，春風看試幾槍旗。從此酒酣明月夜，耳熱，那邊應是説儂時。（同上）

〔3〕韓玉　字溫甫，南宋詞人。

〔4〕韓玉　賀新郎（詠水仙）

綽約人如玉。試新妝、嬌黃半綠，漢宮勻注。倚傍小欄閒佇立，翠帶風前似舞。記洛浦、當年儔侶。羅襪塵生香冉冉，料征鴻、微步凌波女。驚夢斷，楚江曲。　春工若見應為主。忍教都、間亭邃館，冷風淒雨。待把此花都折取，和淚連香寄與。須信道、離情如許。煙水茫茫斜照裏，是騷人、九辨招魂處。千古恨，與誰語？（據《全宋詞》）

〔5〕

韓玉　卜算子

楊柳綠成陰，初過寒食節。門掩金鋪獨自眠，那更逢寒夜。　強起立東風，慘慘梨花謝。何事王孫不早歸，寂寞鞦韆月。（據《全宋詞》）

按：此詞「節、夜、謝、月」相押，王氏云「以『夜』、『謝』叶『食』、『月』」，「食」應為「節」。

60（47）

稼軒中秋飲酒達旦用《天問》體作送月詞，調寄《木蘭花慢》[1]云：「可憐今夕月，向何處、去悠悠？是別有人間，那邊才見，光景東頭。」詞人想像直悟月輪繞地之事，與科學上密合，可謂神悟。（此詞汲古閣刻六十家詞[2]失載。黃蕘圃[3]所藏元大德本亦闕，後屬顧澗蘋[4]就汲古閣抄本中補之，今歸聊城楊氏[5]海源閣，王半塘四印齋所刻者[6]是也。但汲古閣抄本與刻本不符，殊不可解，或子晉[7]於刻詞後始得抄本耳。）

【校】

「（此詞汲古閣……始得抄本耳）」通行本無。

【註】

〔1〕辛棄疾　木蘭花慢

（中秋飲酒將旦，客謂前人詩詞有賦待月、無送月者，因用《天問》體賦。）

可憐今夕月，向何處、去悠悠？是別有人間、那邊才見，光景東頭？是天外，空汗漫，但長風浩浩送中秋？飛鏡無根誰繫？姮娥不嫁誰留？　謂經海底問無由，恍惚使人愁。怕萬里長鯨，縱橫觸破，玉殿瓊樓。蝦蟆故堪浴水，問云何玉兔解沉浮？若道都齊無恙，云何漸漸如鉤？（據《稼軒詞編年箋注》）

〔2〕毛晉汲古閣刻《宋六十名家詞》中有《稼軒詞》。

〔3〕黃蕘圃　黃丕烈，字紹武，號蕘圃，清代藏書家、校勘家。

〔4〕顧澗蘋　顧廣圻，字千里，號澗蘋或澗平，清代考據家、校勘家。

〔5〕楊氏　楊以增，字益之，一字至道，山東聊城人，清代著名藏書家，藏書樓名海源閣。

〔6〕王半塘　王鵬運（一八四九—一九零四），字幼遐，號半塘、鶩翁，近代詞人。他的《四印齋所刻詞》中有《稼軒長短句》。

〔7〕子晉　毛晉，參見第21條註〔4〕，其藏書樓名汲古閣。

61（刪18）

譚復堂[1]《篋中詞選》謂：「蔣鹿潭[2]《水雲樓詞》與成容若[3]、項蓮生[4]，二百年間分鼎三足。」[5]然《水雲樓詞》小令頗有境界，長調惟存氣格。《憶雲詞》[6]亦精實有餘，超逸不足，皆不足與容若比，然視皋文[7]、止庵[8]輩，則倜乎遠矣。

【註】

〔1〕譚復堂　譚獻（一八三二—一九零一），字仲修，號復堂，近代詞人、詞論家。

〔2〕蔣鹿潭　蔣春霖（一八一八—一八六八），字鹿潭，清代詞人。

〔3〕成容若　納蘭性德，參見第44條註〔7〕。

〔4〕〔6〕項蓮生、《憶雲詞》　項鴻祚（一七九八－一八三五），字蓮生，清代詞人，有《憶雲詞甲乙丙丁稿》。

〔5〕譚獻《復堂詞話》云：「文字無大小，必有正變，必有家數。《水雲樓詞》固清商變徵之聲，而流別甚正，家數頗大，與成容若、項蓮生，二百年中分鼎三足。咸豐兵事，天挺此才，為倚聲家杜老，而晚唐兩宋一唱三嘆之意，則已微矣。」（據《介存齋論詞雜著．復堂詞話．蒿庵論詞》）

〔7〕皋文　張惠言（一七六一－一八零二），字皋文，清代經學家、文學家。

〔8〕止庵　周濟，參見第12條註〔1〕。

62（31）

昭明太子[1]稱陶淵明[2]詩「跌宕昭彰，獨超眾類，抑揚爽朗，莫之與京」。[3]王無功[4]稱薛收賦「韻趣高奇，詞義晦遠，嵯峨蕭瑟，真不可言」。[5]詞中惜少此二種氣象。前者唯東坡，後者唯白石略得一二耳。[6]

【註】

〔1〕昭明太子　蕭統（五零一—五三二），字德施，南北朝梁武帝長子，武帝天監元年立為太子，謚昭明，世稱昭明太子，文學家。

〔2〕陶淵明（三六五或三七二—四二七），一名潛，字元亮，東晉詩人。

〔3〕蕭統《陶淵明集序》云：「其文章不群，詞采精拔，跌宕昭彰，獨超眾類，抑揚爽朗，莫之與京。橫素波而傍流，干青雲而直上。語時事則指而可想，論懷抱則曠而且真。」（據《陶淵明集》）

〔4〕王無功　王績（？—六四四），字無功。隋唐之間文學家。

〔5〕王績《答馮子華處士書》云：「吾往見薛收《白牛溪賦》，韻趣高奇，詞義曠遠，嵯峨蕭瑟，真不可言。壯哉！邈乎揚、班之儔也。高人姚義常語吾曰：『薛生此文，不可多得，登太行、俯滄海，高深極矣。』」（據《東皋子集》，四部叢刊續編本）

〔6〕劉熙載《藝概．賦概》云：「王無功謂薛收《白牛溪賦》『韻趣高奇，詞義曠遠，嵯峨蕭瑟，真不可言』。余謂賦之足當此評者蓋不多有。前此其惟小山《招隱士》乎？」

63（32）

詞之雅鄭，在神不在貌。永叔、少游雖作艷語，終有品格。方之美成，便有貴婦人與倡伎之別[1]。

【校】

「貴婦人」，通行本作「淑女」。

【註】

〔1〕參見第8條註〔4〕引劉熙載《藝概·詞曲概》。

64

賀黃公裳[1]《皺水軒詞筌》云：「張玉田《樂府指迷》[2]其調叶宮商，鋪張藻繪抑亦可矣，至於風流蘊藉之事，真屬茫茫。如啖官廚飯者，不知牲牢之外別有甘鮮也。」此語解頤。

【註】

〔1〕賀黃公　賀裳，字黃公，清代詞論家。

〔2〕這裏所說的《樂府指迷》，實際是張炎《詞源》。

65

周保緒濟《詞辨》云：「玉田[1]，近人所最尊奉，才情詣力亦不後諸人，終覺積穀作米、把纜放船，無開闊手段。」又云：「叔夏[2]所以不及前人處，只在字句上着功夫，不肯換意。」「近人喜學玉田，亦為修飾字句易，換意難。」[3]

【註】

〔1〕〔2〕玉田、叔夏　張炎，參見第14條註〔2〕。

〔3〕王國維這裏是斷引周濟的話，《介存齋論詞雜著》的原文是：「玉田，近人所最尊奉，

才情詣力亦不後諸人，終覺積穀作米、把纜放船，無開闊手段；然其清絕處，自不易到。」「叔夏所以不及前人處，只在字句上着功夫，不肯換意，若其用意佳者，即字字珠輝玉映，不可指摘。近人喜學玉田，亦為修飾字句易，換意難。」

66（刪19）

詞家時代之說，盛於國初。竹垞[1]謂：詞至北宋而大，至南宋而深。[2]後此詞人，群奉其說。然其中亦非無具眼者。周保緒曰：「南宋下不犯北宋拙率之病，高不到北宋渾涵之詣。」又曰：「北宋詞多就景敍情，故珠圓玉潤，四照玲瓏。至稼軒、白石，一變而為即事敍景，使深者反淺，曲者反直。」[3]潘四農德輿[4]曰：「詞濫觴於唐，暢於五代，而意格之閎深曲摯則莫盛於北宋。詞之有北宋，猶詩之有盛唐。至南宋則稍衰矣。」[5]劉融齋熙載曰：「北宋詞用密亦疏、用隱亦亮、用沉亦快、用細亦闊、用精亦渾。南宋只是掉轉過來。」[6]可知此事自有公論。雖止庵詞頗淺薄，潘、劉尤甚。然其推尊北宋，則與明季雲間諸公同一卓識[7]，不可廢也。

【註】

〔1〕竹垞　朱彝尊（一六二九—一七零九），字錫鬯，號竹垞，清代文學家。

〔2〕參見第11條註〔3〕。

〔3〕見周濟《介存齋論詞雜著》。

〔4〕潘四農　潘德輿，字彥輔，號四農，清代文學家。

〔5〕見潘德輿《與葉生名澧書》。

〔6〕見劉熙載《藝概·詞曲概》。

〔7〕明末詞人陳子龍、宋徵輿、李雯稱「雲間三子」。

陳子龍《三子詩餘序》云：「詩餘始於唐末，而婉暢穠逸極於北宋。……夫風騷之旨皆本言情，言情之作必託於閨襜之際。代有新聲而想窮擬議，於是以溫厚之篇、含蓄之旨未足以寫哀而宣志也。思極於追琢而纖刻之辭來，情深於柔靡而婉孌之趣合，志溺於燕嬙而妍綺之境出，態趨於蕩逸而流暢之調生，是以鏤裁至巧而若出自然，警露已深而意含未盡，雖曰小道，工之實難。」（據《陳臥子先生安雅堂稿》，上海時中書局鉛印本）

王士禛《花草蒙拾》云：「雲間數公論詩，拘格律、崇神韻，然拘於方幅、泥於時代，不免為識者所少，其於詞亦不欲涉南宋一筆，佳處在此，短處亦坐此。」

67（刪20）

唐五代北宋之詞。所謂「生香真色」[1]。若雲間諸公，則彩花耳。湘真[2]且然，況其次也者乎！[3]

【註】

〔1〕王士禛《花草蒙拾》云：「『生香真色人難學』，為『丹青女易描，真色人難學』所從出。千古詩文之訣，盡此七字。」

〔2〕湘真　陳子龍，字人中，號大樽，明末文學家。詞集有《湘真閣》《江蘺檻》兩種，均佚，有輯本。

〔3〕王士禛《花草蒙拾》云：「陳大樽詩首尾溫麗，《湘真詞》亦然。然不善學者，鏤金雕瓊，如土木被文繡耳。」

68（刪21）

《衍波詞》[1]之佳者，頗似賀方回。雖不及容若，要在錫鬯[2]、其年[3]之上。

【註】

〔1〕《衍波詞》 王士禛詞集。

〔2〕錫鬯 朱彝尊，參見第66條註〔1〕。

〔3〕其年 陳維崧（一六二五—一六八二），字其年，號迦陵，清代詞人。

69（刪22）

近人詞如復堂詞之深婉，彊村[1]詞之隱秀，皆在吾家半塘翁上。彊村學夢窗而情味較夢窗反勝，蓋有臨川[2]、廬陵[3]之高華，而濟以白石之疏越者。學人之詞，斯為極則。然古人自然神妙處，尚未夢見。

【註】

〔1〕彊村　朱孝臧（一八五七—一九三一），一名祖謀，字古微，號彊村，近代詞人。

〔2〕臨川　王安石（一零二一—一零八六），字介甫，號半山，臨川人。北宋政治家、文學家。

〔3〕廬陵　歐陽修，廬陵人，參見第2條註〔2〕。

70（刪23）

宋直方[1]（按：原誤作「尚木」）《蝶戀花》[2]「新樣羅衣渾棄卻，猶尋舊日春衫著」。譚復堂《蝶戀花》[3]「連理枝頭儂與汝，千花百草從渠許」。可謂寄興深微。

【註】

〔1〕宋直方　宋徵輿（一六一八—一六六七），字直方，清代詞人。

〔2〕宋徵輿　蝶戀花

寶枕輕風秋夢薄。紅斂雙蛾，顛倒垂金雀。新樣羅衣渾棄卻，猶尋舊日春衫著。　偏是斷腸花不落。人苦傷心，鏡裏顏非昨。曾誤當初青女約，祇今霜夜思量着。（據譚獻輯《篋中詞》）

〔3〕譚獻　蝶戀花

帳裏迷離香似霧。不燼爐灰，酒醒聞余語。連理枝頭儂與汝。千花百草從渠許。　蓮子青青心獨苦。一唱將離，日日風兼雨。豆蔻香殘楊柳暮。當時人面無尋處。（據《清名家詞·復堂詞》）

71（刪24）

《半塘丁稿》中和馮正中《鵲踏枝》十闋[1]，乃《鶩翁詞》之最精者。「望遠愁多休縱目」等闋，鬱伊惝怳，令人不能為懷。《定稿》[2]只存六闋，殊為未允也。

【註】

〔1〕王鵬運　鵲踏枝

（馮正中《鵲踏枝》十四闋，鬱伊惝怳，義兼比興，蒙耆誦焉。春日端居，依次屬和。就均成詞，無關寄託，而章句尤為凌雜。憶雲生云：「不為無益之事，何以遣有涯之生？」三復前言，我懷如揭矣。時光緒丙申三月二十八日。錄十。）

落蕊殘陽紅片片。懊恨比鄰，盡日流鶯轉。似雪楊花吹又散，東風無力將春限。　慵把香羅裁便面。換到輕衫，歡意垂垂淺。襟上淚痕猶隱見，笛聲催按梁州遍。

斜日危闌凝佇久。問訊花枝，可是年時舊？濃睡朝朝如中酒，誰憐夢裏人消瘦。　香閣簾櫳煙閣柳。片霎氤氳，不信尋常有。休遣歌筵回舞袖，好懷珍重春三後。

譜到陽關聲欲裂。亭短亭長，楊柳那堪折。挑菜湔裙春事歇，帶羅羞指同心結。　千里孤光同皓月。畫角吹殘，風外還嗚咽。有限墜歡爭忍說，傷生第一生離別。

風蕩春雲羅樣薄。難得輕陰，芳事休閒卻。幾日啼鵑花又落，綠箋莫忘深深約。　老去吟情渾寂寞。細雨簷花，空憶燈前酌。隔院玉簫聲乍作。眼前何物供哀樂。

漫說目成心便許。無據楊花，風裏頻來去。悵望朱樓難寄語，傷春誰念司勳誤。　枉把游絲牽弱縷。幾片閒雲，迷卻相思路。錦帳珠簾歌舞處，舊歡新恨思量否？

晝日懨懨驚夜短。片霎歡娛，那惜千金換。燕睨鶯顰春不管，敢辭弦索為君斷。隱隱輕雷聞隔岸。暮雨朝霞，咫尺迷銀漢。獨對舞衣思舊伴，龍山極目煙塵滿。

望遠愁多休縱目。步繞珍叢，看筍將成竹。曉露暗垂珠簌簌，芳林一帶如新浴。簷外青山森碧玉。夢裏驂鸞，記過清湘曲。自定新弦移雁足，弦聲未抵歸心促。

誰遣春韶隨水去。醉倒芳尊，忘卻朝和暮。換盡大堤芳草路，倡條都是相思樹。蠟燭有心燈解語。淚盡唇焦，此恨消沉否。坐對東風憐弱絮，萍飄後日知何處。

對酒肯教歡意盡。醉醒懨懨，無那忺春困。錦字雙行箋別恨，淚珠界破殘妝粉。輕燕受風飛遠近。消息誰傳？盼斷烏衣信。曲幾無憀閒自隱。鏡奩心事孤鸞鬢。

幾見花飛能上樹。難繫流光，枉費垂楊縷。箏雁斜飛排錦柱。只伊不解將春去。漫詡心情黏地絮。容易飄颺，那不驚風雨。倚遍闌干誰與語？思量有恨無人處。（據《半塘詞稿．鶩翁集》）

〔2〕《半塘定稿》，存《鵲踏枝》六闋，刪去前註中之第三、第六、第七、第九四闋。

72（刪25）

固哉，皋文之為詞也！飛卿《菩薩蠻》、永叔《蝶戀花》、子瞻《卜算子》，皆興到之作，有何命意？皆被皋文深文羅織。[1]阮亭《花草蒙拾》謂：「坡公命宮磨蠍[2]，生前為王珪、舒亶輩所苦[3]，身後又硬受此差排。」[4]由今觀之，受差排者，獨一坡公已耶？

【註】

〔1〕溫庭筠　菩薩蠻

小山重疊金明滅，鬢雲欲度香腮雪。懶起畫娥眉，弄妝梳洗遲。　照花前後鏡，花面交相映。新帖繡羅襦，雙雙金鷓鴣。（據《花間集校》）

張惠言《詞選》評云：「此感士不遇也。篇法彷彿《長門賦》，而用節節逆敘。此章從夢曉後領起『懶起』二字，含後文情事。『照花』四句，《離騷》初服之意。」（屈原《離騷》「進不入以離尤兮，退將復修吾初服。」——引者）

歐陽修《蝶戀花》，應為馮延巳《鵲踏枝》。（參見第33條註〔1〕）

此詞張惠言《詞選》作歐陽修詞，並評云：「『庭院深深』，閨中既以邃遠也。『樓高不見』，哲王又不寤也。『章臺遊冶』，小人之徑。『雨橫風狂』，政令暴急也。『亂紅飛去』，斥逐者非一人而已，殆為韓、范作乎？」（韓、范指韓琦、范仲淹。——引者）

蘇軾　卜算子

缺月掛疏桐，漏斷人初靜。誰見幽人獨往來，縹緲孤鴻影。　驚起卻回頭，有恨無人省。揀盡寒枝不肯棲，寂寞沙洲冷。（據《宋六十名家詞·東坡詞》，四部備要本）

張惠言《詞選》評云：「此東坡在黃州作。鮦陽居士云：『缺月』，刺明微也。『漏斷』，暗時也。『幽人』，不得志也。『獨往來』，無助也。『驚鴻』，賢人不安也。『回頭』，愛君不忘也。『無人省』，君不察也。『揀盡寒枝不肯棲』，不偷安於高位也。『寂寞沙洲冷』，非所安也。此詞與《考槃》詩極相似。」（《考槃》見《詩經·衛風》。《毛傳》云：「《考槃》，刺莊公也。不能繼先公之業，使賢者退而窮處。」——引者）

〔2〕命宮磨蠍　磨蠍，天上星宿名。命宮磨蠍是說命運不佳，受到種種折磨。蘇軾《東坡志林》云：「退之詩云：『我生之辰，月宿直（南）斗。』乃知退之磨蠍為身宮，而僕乃以磨蠍為命，平生多得謗譽，殆是同病也。」（據中華書局本）

〔3〕蘇軾反對王安石變法，在詩歌裏有時揭露新法執行中的流弊。李定、舒亶、何正臣等

人斷章取義、深文羅織，上奏章彈劾。蘇軾被逮捕下獄。這就是所謂「烏臺詩案」或「湖州詩案」。

《宋史．蘇軾傳》：「徙知湖州……以事不便民者不敢言，以詩託諷，庶有補於國。御史李定、舒亶、何正臣摭其表語，並媒糵所為詩以為訕謗，逮赴臺獄，欲置之死，鍛煉久之不決。神宗獨憐之，以黃州團練副使安置。」（據中華書局本）

《續資治通鑑》「神宗元豐二年」：「御史中丞李定言：『知湖州蘇軾，本無學術，偶中異科。……及陛下修明政事，怨不用己，遂一切毀之，以為非是。傷教亂俗，莫甚於此，伏望斷自天衷，特行典憲。』御史舒亶言：『軾近上謝表，頗有譏切時政之言，流俗翕然爭相傳誦。陛下發錢以本業貧民，則曰：「贏得兒童語言好，一年強半在城中。」陛下明法以課試群吏，則曰：「讀書萬卷不讀律，致君堯舜知無術。」陛下興水利，則曰：「東海若知明主意，應教斥鹵變桑田。」陛下謹鹽禁，則曰：「豈是聞韶解忘味，爾來三月食無鹽。」其他觸物即事，應口所言，無一不以詆謗為主。小則鏤板，大則刻石，傳播中外，自以為能。』並上軾印行詩三卷，御史何正臣亦言軾愚弄朝廷，妄自尊大。」（據中華書局本）

〔4〕王士禛《花草蒙拾》在引用了鮦陽居士對於蘇軾《卜算子》的解釋後，云：「村夫子

強作解事，令人欲嘔。」「僕嘗戲謂：坡公命宮磨蠍。湖州詩案，生前為王珪、舒亶輩所苦，身後又硬受此差排耶？」

73（48）

周介存謂：「梅溪詞中，喜用『偷』字，足以定其品格。」[1] 劉融齋謂：「周旨蕩而史意貪。」[2] 此二語令人解頤。

【註】

〔1〕見周濟《介存齋論詞雜著》。史達祖詞中喜用「偷」字，如「做冷欺花，將煙困柳，千里偷催春暮」。（《綺羅香》詠春雪）「巧沁蘭心，偷沾草甲，東風欲障新暖。」（《東風第一枝》春雪）「諱道相思，偷理綃裙，自驚腰衩。」（《三姝媚》）「輕衫未攬，猶將淚點偷藏。」（《夜合花》）等。

〔2〕參見第8條註〔4〕。

74（刪26）

賀黃公謂：「姜論史詞，不稱其『軟語商量』，而稱其『柳昏花暝』，固知不免項羽學兵法之恨。」[1] 然「柳昏花暝」[2] 自是歐、秦輩吐屬，後句為勝。吾從白石，不能附合黃公矣。

【校】

「然『柳昏花暝』自是歐、秦輩吐屬，後句為勝」，原稿最初作「二句境界自以後句為勝」，後改為「前句畫工之筆，後句化工之筆」，最後改成現在的文字。通行本作「自是歐、秦輩句法，前後有畫工化工之殊」。

【註】

〔1〕見賀裳《皺水軒詞筌》，「稱」作「賞」。

〔2〕史達祖　雙雙燕（詠燕）

過春社了，度簾幕中間，去年塵冷。差池欲住，試入舊巢相併。還相雕梁藻井。又軟語商量不定。飄然快拂花梢，翠尾分開紅影。　芳徑。芹泥雨潤。愛貼地爭飛，競誇輕俊。紅樓歸晚，看足柳昏花暝。應自棲香正穩。便忘了，天涯芳信。愁損翠黛雙娥，日日畫闌獨憑。（據《全宋詞》）

黃昇《花庵詞選》此詞後註：「姜堯章極稱其『柳昏花暝』之句。」

75（38）

詠物之詞，自以東坡《水龍吟》詠楊花為最工，邦卿《雙雙燕》次之。[1]白石《暗香》《疏影》[2]格調雖高，然無片語道着。[3]視古人「江邊一樹垂垂發」[4]「竹外一枝斜更好」[5]「疏影橫斜水清淺」[6]等作何如耶！（按：「格調雖高」後，有已刪之「而境界極淺，情味索然。乃古今均視為名作，自玉田推為絕唱[7]，後世遂無敢議之者，不可解也。試讀林君復、梅聖〔原誤作「舜」〕俞春草諸詞[8]，工拙何如耶？」）

【校】

通行本「片語」作「一語」，無「竹外一枝斜更好」「疏影橫斜水清淺」。

【註】

〔1〕蘇軾《水龍吟》參見第27條註〔1〕。史達祖《雙雙燕》參見第74條註〔2〕。

張炎《詞源》云：「詩難於詠物，詞為尤難。體認稍真，則拘而不暢；模寫差遠，則晦而不明；要須收縱聯密，用事合題，一段意思，全在結句，斯為絕妙。如史邦卿《東風第一枝》（詠春雪）、《綺羅香》（詠春雨）、《雙雙燕》（詠燕）、白石《暗香》《疏影》（詠梅）、《齊天樂》（賦促織）。此皆全章精粹，所詠瞭然在目，且不留滯於物。」

〔2〕姜夔　暗香

〔辛亥之冬，予載雪詣石湖。止既月，授簡索句，且徵新聲。作此兩曲，石湖把玩不已，使工妓隸習之，音節諧婉，乃名之曰：暗香、疏影。〕

舊時月色，算幾番照我，梅邊吹笛。喚起玉人，不管清寒與攀摘。何遜而今漸老，都忘卻春風詞筆。但怪得竹外疏花，香冷入瑤席。　江國，正寂寂。嘆寄與路遙，夜雪初積。翠尊易泣，紅萼無言耿相憶。長記曾攜手處，千樹壓西湖寒碧。又片片、吹盡也，幾時見得？

疏影

苔枝綴玉，有翠禽小小，枝上同宿。客裏相逢，籬角黃昏，無言自倚修竹。昭君不慣胡沙遠，但暗憶、江南江北。想佩環、月夜歸來，化作此花幽獨。　猶記深宮舊事，那人正睡裏，飛近蛾綠。莫似春風，不管盈盈，早與安排金屋。還教一片隨波去，又卻怨、玉龍哀曲。等恁時、重覓幽香，已入小窗橫幅。（據《姜白石詞編年箋校》）

〔3〕張炎《詞源》云：「詞要清空，不要質實；清空則古雅峭拔，質實則凝澀晦昧。姜白石詞如野雲孤飛，去留無跡。……如《疏影》《暗香》《揚州慢》《一萼紅》《琵琶仙》《探春》《八歸》《淡黃柳》等曲，不惟清空，又且騷雅，讀之使人神觀飛越。」

陳廷焯《白雨齋詞話》云：「詞格之高，無過白石。」

〔4〕杜甫　和裴迪登蜀州東亭送客逢早梅相憶見寄

東閣官梅動詩興，還如何遜在揚州。此時對雪遙相憶，送客逢春可自由。幸不折來傷歲暮，若為看去亂鄉愁。江邊一樹垂垂發，朝夕催人自白頭。（據《杜工部詩集》，下冊）

〔5〕蘇軾　和秦太虛梅花

西湖處士骨應槁，只是此詩君壓倒。東坡先生心已灰，為愛君詩被花惱。多情立馬待黃昏，殘雪消遲月出早。江頭千樹春欲暗，竹外一枝斜更好。孤山山下醉眠處，點綴裙腰紛不掃。萬里春隨逐客來，十年花送佳人老。去年花開我已病，今年對花還草草。不知風雨捲春歸，收拾餘香還畀昊。（據《蘇軾詩集》，中華書局本）

〔6〕林逋　山園小梅

眾芳搖落獨暄妍，佔盡風情向小園。疏影橫斜水清淺，暗香浮動月黃昏。霜禽欲下先偷眼，粉蝶如知合斷魂。幸有微吟可相狎，不須檀板共金尊。（據《宋詩別裁集》，上海古籍出版社本）

〔7〕張炎《詞源》云：「詩之賦梅，惟和靖一聯（按：指註〔6〕所引林逋《山園小梅》之『疏影橫斜水清淺，暗香浮動月黃昏』）而已，世非無詩，不能與之齊驅耳。詞之賦梅，惟姜白石《暗香》《疏影》二曲，前無古人，後無來者，自立新意，真為絕唱。太白所謂『眼前有景道不得，崔顥題詩在上頭』，誠哉是言也。」

〔8〕參見第53條註〔2〕，第52條註〔2〕。

76（39）

白石寫景之作，如「二十四橋仍在，波心蕩、冷月無聲」[1]，「數峰清苦，商略黃昏雨」[2]，「高樹晚蟬，說西風消息」[3]，雖格韻高絕，然如霧裏看花，終隔一層。梅溪、夢窗諸家寫景之病，皆在一「隔」字。北宋風流，過江遂絕，抑真有風會存乎其間耶？

【註】

〔1〕姜夔　揚州慢

〔淳熙丙申至日，予過維揚。夜雪初霽，薺麥彌望。入其城則四顧蕭條，寒水自碧。暮色漸起，戍角悲吟。予懷愴然，感慨今昔，因自度此曲。千巖老人以為有黍離之悲也。〕

淮左名都，竹西佳處。解鞍少駐初程。過春風十里，盡薺麥青青。自胡馬窺江去後，廢池喬木，猶厭言兵。漸黃昏，清角吹寒，都在空城。　杜郎俊賞，算而今重到須驚。縱豆蔻詞工，青樓夢好，難賦深情。二十四橋仍在，波心蕩冷月無聲。念橋邊紅藥，年年知為誰生？（據《姜白石詞編年箋校》）

〔2〕 姜夔　點絳唇（丁未冬過吳松作）

燕雁無心，太湖西畔隨雲去。數峰清苦，商略黃昏雨。　第四橋邊，擬共天隨住。今何許，憑闌懷古，殘柳參差舞。（同上）

〔3〕 姜夔《惜紅衣》，參見第20條註〔3〕。

77（40）

問「隔」與「不隔」之別，曰：淵明之詩不隔，韋、柳[1]則稍隔矣。東坡之詩不隔，山谷則稍隔矣。[2]「池塘生春草」[3]「空梁落燕泥」[4]等句，妙處唯在不隔。詞亦如是。即以一人一詞論，如歐陽公《少年遊》[5]詠春草上半闋「闌干十二獨憑春，晴碧遠連雲。二月三月，千里萬里，行色苦愁人」，語語都在目前[6]，便是不隔；至云「謝家池上，江淹浦畔」則隔矣。白石《翠樓吟》[7]「此地。宜有詞仙，擁素雲黃鶴，與君遊戲。玉梯凝望久，嘆芳草、萋萋千里」便是不隔；至「酒祓清愁，花消英氣」則隔矣。然南宋詞雖不隔處，比之前人自有深淺厚薄之別。

【校】

「淵明之詩不隔，韋、柳則稍隔矣。」通行本作「陶、謝[8]之詩不隔，延年[9]則稍隔矣」[10]。「語語都在目前」原稿最初作「語語可以直觀」。又，原稿眉端尚有已刪之：「以一人之詞論，如白石詠蟋蟀『露濕銅鋪，苔侵石井，都是曾聽伊處』[11]，便是不隔。」

【註】

〔1〕韋、柳　韋應物，參見第18條註〔3〕。柳宗元（七七三—八一九），字子厚，唐代文學家。

〔2〕沈德潛《說詩晬語》云：「蘇子瞻胸有洪爐，金銀鉛錫，皆歸熔鑄；其筆之超曠，等於天馬脱羈，飛仙遊戲，窮極變幻，而適如意中所欲出，韓文公後，又開闢一境界也。」「西江派黃魯直太生，陳無己太直，皆學杜而未嚌其胾者，然神理未浹，風骨獨存。」（據《原詩．說詩晬語》，人民文學出版社本）

趙翼《甌北詩話》云：「坡詩有云『清詩要鍛煉，方得鉛中銀』。然坡詩實不以鍛煉為工；其妙處在乎心地空明，自然流出，一似全不着力，而自然沁入心脾。此其獨絕也。」「東坡隨物賦形，信筆揮灑，不拘一格，故雖瀾翻不窮，而不見有矜心作意之處。」

山谷則專以拗峭避俗，不肯作一尋常語，而無從容游泳之趣。（林艾軒論蘇、黃詩：『丈夫見客，大踏步便出去，若女子，便有許多妝裹。此坡、谷之別也。』見《許彥周詩話》——趙氏原註）」（據人民文學出版社本）

〔3〕謝靈運　登池上樓

潛虬媚幽姿，飛鴻響遠音。薄霄愧雲浮，棲川怍淵沉。進德智所拙，退耕力不任。徇祿反窮海，臥痾對空林。衾枕昧節候，褰開暫窺臨。傾耳聆波瀾，舉目眺嶇嶔。初景革緒風，新陽改故陰。池塘生春草，園柳變鳴禽。祁祁傷豳歌，萋萋感楚吟。索居易永久，離群難處心。持操豈獨古，無悶徵在今。（據《全漢三國晉南北朝詩》，上冊）《南史．謝惠連傳》：謝靈運「嘗於永嘉西堂思詩，竟日不就，忽夢見惠連，即得『池塘生春草』，大以為工。常云：『此語有神助，非吾語也。』」（據中華書局本）

〔4〕薛道衡　昔昔鹽

垂柳覆金堤，蘼蕪葉復齊。水溢芙蓉沼，花飛桃李蹊。採桑秦氏女，織錦竇家妻。關山別蕩子，風月守空閨。恆斂千金笑，長垂雙玉啼。盤龍隨鏡隱，彩鳳逐帷低。飛魂同夜鵲，倦寢憶晨雞。暗牖懸蛛網，空梁落燕泥。前年過代北，今歲往遼西。一去無消息，那能惜馬蹄。（同上）

〔5〕歐陽修《少年遊》參見第53條註〔4〕。

〔6〕鍾嶸《詩品》云：「至乎吟詠情性，亦何貴於用事？『思君如流水』既是即目；『高臺多悲風』亦惟所見；『清晨登隴首』羌無故實；『明月照積雪』詎出經史。觀古今勝語，多非補假，皆由直尋。」（據《詩品注》，人民文學出版社本）

〔7〕姜夔　翠樓吟

（淳熙丙午冬，武昌安遠樓成，與劉去非諸友落之，度曲見志。予去武昌十年，故人有泊舟鸚鵡洲者，聞小姬歌此詞。問之，頗能道其事。還吳，為予言之。興懷昔遊，且傷今之離索也。）

月冷龍沙，塵清虎落，今年漢酺初賜。新翻胡部曲，聽氈幕元戎歌吹。層樓高峙，看檻曲縈紅，簷牙飛翠。人姝麗，粉香吹下，夜寒風細。　此地，宜有詞仙，擁素雲黃鶴，與君遊戲。玉梯凝望久，嘆芳草萋萋千里。天涯情味，仗酒祓清愁，花銷英氣。西山外，晚來還捲、一簾秋霽。（據《姜白石詞編年箋校》）

〔8〕謝　謝靈運（三八五—四三三），南北朝宋代詩人。

〔9〕延年　顏延之（三八四—四五六），字延年，南北朝宋代詩人。

〔10〕《南史．顏延之傳》：「延之與陳郡謝靈運俱以辭采齊名……延之嘗問鮑照己與靈運優

劣。照曰：『謝五言如初發芙蓉，自然可愛，君詩若鋪錦列繡，亦雕繢滿眼。』」（據中華書局本）

〔11〕參見第24條註〔3〕。

78（29）

少游詞境最為淒婉。至「可堪孤館閉春寒，杜鵑聲裏斜陽暮」[1]則變而淒厲矣。東坡賞其後二語[2]，猶為皮相。

【註】

〔1〕秦觀《踏莎行》，參見第33條註〔2〕。

〔2〕胡仔《苕溪漁隱叢話》引惠洪《冷齋夜話》云：「少游到郴州，作長短句云（按：下引《踏莎行》全文，略。——引者）。東坡絕愛其尾兩句（按：即『郴江幸自繞郴山，為誰流下瀟湘去』。——引者），自書於扇，曰：『少游已矣，雖萬人何贖。』」（前集）

79（9）

嚴滄浪[1]《詩話》曰：「盛唐諸公，惟在興趣，羚羊掛角，無跡可求。故其妙處，透徹玲瓏，不可湊泊。如空中之音、相中之色、水中之影、鏡中之象，言有盡而意無窮。」[2]余謂北宋以前之詞亦復如是。但滄浪所謂「興趣」，阮亭所謂「神韻」[3]，猶不過道其面目，不若鄙人拈出「境界」二字為探其本也。

【註】

〔1〕嚴滄浪　嚴羽，字儀卿、丹丘，號滄浪逋客，南宋詩論家。

〔2〕嚴羽《滄浪詩話》云：「夫詩有別材，非關書也；詩有別趣，非關理也。然非多讀書，多窮理，則不能極其至。所謂不涉理路，不落言筌者，上也。詩者，吟詠情性也。盛唐諸人惟在興趣，羚羊掛角，無跡可求。故其妙處透徹玲瓏，不可湊泊，如空中之音，相中之色，水中之月，鏡中之象，言有盡而意無窮。」（據郭紹虞《滄浪詩話校釋》，人民文學出版社本）

錢鍾書《談藝錄》云：「嚴滄浪詩辯曰：……詩之有神韻者，如水中之月，鏡中之象，透徹玲瓏，不可湊泊，不涉理路，不落言筌云云，幾同無字天書。以詩擬禪，意過於通，宜招鈍吟之糾謬，起漁洋之誤解。禪宗於文字，以膠盆黏着為大忌，法執理障，則藥語盡成病語。故谷隱禪師云：才涉唇吻，便落意思，盡是死門，終非活路。（見《五燈會元》卷十二）此莊子得意忘言之說也。若詩自是文字之妙，非言無以寓言外之意。水月鏡花，固可見不可捉，然必有此水而後月可印潭，有此鏡而後花可映面。」（開明書店本）

〔3〕參見第45條註〔2〕。

錢鍾書《談藝錄》云：「漁洋天賦不厚，才力頗薄，乃遁而言神韻妙悟，以自掩飾。一吞半吐，撮摩虛空，往往並未悟入，已作點頭微笑、閉目猛省、出口無從、會心不遠之態。故余嘗謂漁洋病在誤解滄浪，而所以誤解滄浪，正為文飾才薄，將意在言外，認為言中不必有意，將弦外餘音，認為弦上無音，將有話不說，認作無話可說。……妙悟云乎哉？妙手空空已耳。」

80（41）

「生年不滿百，常懷千歲憂。晝短苦夜長，何不秉燭遊？」[1]「服食求神仙，多為藥所誤。不如飲美酒，被服紈與素。」[2]寫情如此，方為不隔。「採菊東籬下，悠然見南山。山氣日夕佳，飛鳥相與還。」[3]「天似穹廬，籠蓋四野。天蒼蒼，野茫茫，風吹草低見牛羊。」[4]寫景如此，方為不隔。

【註】

〔1〕古詩十九首（之十五）

生年不滿百，常懷千歲憂。晝短苦夜長，何不秉燭遊。為樂當及時，何能待來茲。愚者愛惜費，但為後世嗤。仙人王子喬，難可與等期。（據《文選》中冊，中華書局本）

〔2〕古詩十九首（之十三）

驅車上東門，遙望郭北墓。白楊何蕭蕭，松柏夾廣路。下有陳死人，杳杳即長暮。潛寐黃泉下，千載永不寤。浩浩陰陽移，年命如朝露。人生忽如寄，壽無金石固。萬歲更相送，聖賢莫能度。服食求神仙，多為藥所誤。不如飲美酒，被服紈與素。（同上）

〔3〕陶潛《飲酒》（之五），參見第33條註〔3〕。

〔4〕敕勒歌

敕勒川，陰山下。天似穹廬，籠蓋四野。天蒼蒼。野茫茫。風吹草低見牛羊。（據《全漢三國晉南北朝詩》，下冊）

81（刪27）

「池塘春草謝家春，萬古千秋五字新。[1]傳語閉門陳正字[2]，可憐無補費精神。」此遺山[3]《論詩絕句》也。美成、白石（按：四字原已刪去）、夢窗、玉田輩當不樂聞此語。

【註】

〔1〕謝靈運《登池上樓》：「池塘生春草。」全詩參見第77條註〔3〕。

〔2〕陳正字　陳師道（一零五三—一一零一），字履常、無己，號後山居士，曾官秘書省正字，北宋詩人。黃庭堅《病起荊江亭即事十首》（之八）：「閉門覓句陳無己。」

〔3〕遺山　元好問（一一九零—一二五七），字裕之，號遺山，金代文學家，有《論詩三十首》，王氏所引為第29首。

82（64）

白仁甫《秋夜梧桐雨》劇，奇思壯采，為元曲冠冕。[1] 然其詞乾枯質實，但有稼軒之貌而神理索然。曲家不能為詞，猶詞家之不能為詩，讀永叔、少游詩可悟。

【校】

「奇思壯采」，通行本作「沉雄悲壯」。「然其詞乾枯質實……讀永叔、少游詩可悟。」通行本作：「然所作《天籟詞》，粗淺之甚，不足為稼軒奴隸。豈創者易工，而因者難巧歟？抑人各有能有不能也？讀者觀歐、秦之詩遠不如詞，足透此中消息。」

【註】

〔1〕王國維《宋元戲曲考》云：「關漢卿一空倚傍，自鑄偉詞，而其言曲盡人情，字字本色，

故當為元人第一。白仁甫、馬東籬高華雄渾，情深文明。鄭德輝清麗芊綿，自成馨逸，均不失為第一流。其餘曲家，均在四家範圍內。」（據《王國維戲曲論文集》）

83（刪28）

朱子[1]《清邃閣論詩》謂：「古人有句，今人詩更無句，只是一直說將去。這般一日作百首也得。」余謂北宋之詞有句，南宋以後便無句，如玉田、草窗之詞，所謂「一日作百首也得」者也。

【註】

〔1〕朱子　朱熹（一一三零—一二零零），字元晦，號晦庵，南宋哲學家。

84（刪29）

朱子謂：「梅聖俞詩，不是平淡，乃是枯槁。」[1]余謂草窗、玉田之詞亦然。

【註】

〔1〕見朱熹《清邃閣論詩》。

85（刪30）

「自憐詩酒瘦，難應接許多春色。」[1]「能幾番遊？看花又是明年。」[2]此等語亦算警句耶？[3]乃值如許費力。

【校】

「如許費力」，通行本作「如許筆力」。

【註】

〔1〕史達祖　喜遷鶯

月波疑滴。望玉壺天近，了無塵隔。翠眼圈花，冰絲織練，黃道寶光相直。自憐詩酒瘦，難應接、許多春色。最無賴，是隨香趁燭，曾伴狂客。　蹤跡。漫記憶。老了杜郎，

忍聽東風笛。柳院燈疏，梅廳雪在，誰與細傾春碧。舊情拘未定，猶自學、當年遊歷。怕萬一，誤玉人、夜寒簾隙。（據《全宋詞》）

〔2〕張炎　高陽臺（西湖春感）

接葉巢鶯，平波捲絮，斷橋斜日歸船。能幾番遊，看花又是明年。東風且伴薔薇住，到薔薇、春已堪憐。更淒然。萬綠西泠，一抹荒煙。　當年燕子知何處。但苔深韋曲，草暗斜川。見説新愁，如今也到鷗邊。無心再續笙歌夢，掩重門、淺醉閒眠。莫開簾，怕見飛花，怕聽啼鵑。（據《全宋詞》）

〔3〕陸輔之《詞旨》「警句凡九十二則」，其中有「自憐詩酒瘦，難應接許多春色」和「見説新愁，如今也到鷗邊」，「莫開簾，怕見飛花，怕聽啼鵑」。（後二句和「能幾番遊？看花又是明年」，均出於張炎《高陽臺》見註〔2〕）此條似即對此而言。

86（刪31）

文文山[1]詞風骨[2]甚高，亦有境界。[3]遠在聖與[4]、叔夏[5]、公謹[6]諸公之上。亦如明初誠意伯[7]詞，非季迪[8]、孟載[9]諸人所敢望也。

【註】

〔1〕文文山　文天祥（一二三六—一二八二），字宋瑞、履善，號文山。他在宋末堅持抗元，被俘不屈而死。

〔2〕劉勰《文心雕龍‧風骨》云：「結言端直，則文骨成焉；意氣駿爽，則文風清焉。」「練於骨者，析辭必精，深乎風者，述情必顯。捶字堅而難移，結響凝而不滯，此風骨之力也。」

〔3〕劉熙載《藝概‧詞曲概》云：「文文山詞有『風雨如晦，雞鳴不已』之意，不知者以為變聲，其實乃變之正也。故詞當合其人之境地以觀之。」

〔4〕聖與　蔣捷，字勝欲，號竹山，南宋詞人。

〔5〕叔夏　張炎，參見第14條註〔2〕。

〔6〕公謹　周密，參見第23條註〔3〕。

〔7〕誠意伯　劉基（一三一一—一三七五），字伯溫，封誠意伯，明初開國功臣，文學家。

〔8〕季迪　高啓（一三三六—一三七四），字季迪，明代文學家。

〔9〕孟載　楊基（一三二六—一三七八後），字孟載，明代文學家。

87（刪32）

和凝[1]《長命女》詞：「天欲曉。宮漏穿花聲繚繞，窗裏星光少。　冷霞寒侵帳額，殘月光沉樹杪。夢斷錦闈空悄悄。強起愁眉小。」此詞前半，不減夏英公《喜遷鶯》[2]也。此詞見《樂府雅詞》[3]，《歷代詩餘》[4]選之。（按：此條原已刪去）

【註】

〔1〕和凝（八九八—九五五），字成績，五代詞人。

〔2〕夏竦《喜遷鶯》，參見第3條註〔7〕。

〔3〕《樂府雅詞》，詞總集。南宋曾慥編。三卷，拾遺二卷。選錄宋代詞人三十四家作品。

〔4〕《歷代詩餘》，即《御選歷代詩餘》，詞總集。清康熙時沈辰垣等奉敕編。共一百二十卷，包括詞一百卷，「詞人姓氏」及「詞話」各十卷。輯錄自唐至明詞九千餘首。

88（刪33）

宋《李希聲詩話》曰：「唐人作詩正以風調高古為主，雖意遠語疏皆為佳作。後人有切近的當、氣格凡下者，終使人可憎。」[1]余謂北宋詞亦不妨疏遠。若梅溪以降，正所謂「切近的當、氣格凡下」者也。

【註】

〔1〕見魏慶之《詩人玉屑》、郭紹虞《宋詩話輯佚》，「唐人」應為「古人」。

89

毛西河[1]《詞話》謂：趙德麟令時[2]作《商調鼓子詞》譜西廂傳奇，為雜劇之祖。[3]然《樂府雅詞》卷首所載秦少游、晁補之[4]、鄭彥能（名僅）[5]《調笑轉踏》[6]首有致語，末有放隊，每調之前有口號詩，甚似曲本體例。無名氏《九張機》[7]亦然。至董穎《道宮薄媚》[8]大曲詠西子事，凡十隻曲，皆平仄通押，則竟是套曲。此可與《弦索西廂》[9]同為曲家之蓽路[10]。曾氏[11]置諸《雅詞》卷首，所以別之於詞也。穎字仲達，紹興[12]初人，從汪彥章[13]、徐師川[14]遊，彥章為作《字說》。見《書錄解題》[15]。（按：此條原已刪去）

【註】

〔1〕毛西河　毛奇齡（一六二三—一七一六），字大可，號初晴，又號西河，清代經學家、文學家。

〔2〕趙德麟　趙令畤，字德麟，北宋詞人。

〔3〕王國維《戲曲考原》云：「趙德麟（令畤）之商調《蝶戀花》，述《會真記》事，凡十闋，並置原文於曲前，又以一闋起，一闋結，之視後世戲曲之格律，幾於具體而微。……原詞具載《侯鯖錄》中……德麟此詞，毛西河《詞話》已視為詞曲之祖。」（據《王國維戲曲論文集》）商調《蝶戀花》文繁不錄。

〔4〕晁補之（一零五三—一一一零），字無咎，北宋詞人。

〔5〕鄭彥能　鄭僅，字彥能，北宋詞人。

〔6〕《調笑轉踏》　原載曾慥編《樂府雅詞》，王國維《戲曲考原》《唐宋大曲考》曾引用，

文繁不錄。

〔7〕

無名氏　九張機

〔醉留客者，樂府之舊名；九張機者，才子之新調。憑戛玉之清歌，寫擲梭之春怨。章章寄恨，句句言情。恭對華筵，敢陳口號。

一擲梭心一縷絲，連連織就九張機。從來巧思知多少，苦恨春風久不歸。〕

一張機。織梭光景去如飛。蘭房夜永愁無寐。嘔嘔軋軋，織成春恨，留着待郎歸。

兩張機。月明人靜漏聲稀。千絲萬縷相縈繫。織成一段，回文錦字，將去寄呈伊。

三張機。中心有朵耍花兒。嬌紅嫩綠春明媚。君須早折，一枝濃艷，莫待過芳菲。

四張機。鴛鴦織就欲雙飛。可憐未老頭先白。春波碧草，曉寒深處，相對浴紅衣。

五張機。芳心密與巧心期。合歡樹上枝連理。雙頭花下，兩同心處，一對化生兒。

六張機。雕花鋪錦半離披。蘭房別有留春計。爐添小篆，日長一線，相對繡工遲。

七張機。春蠶吐盡一生絲。莫教容易裁羅綺。無端翦破，仙鸞彩鳳，分作兩般衣。

八張機。纖纖玉手住無時。蜀江濯盡春波媚。香遺囊麝，花房繡被，歸去意遲遲。

九張機。一心長在百花枝。百花共作紅堆被。都將春色，藏頭裏面，不怕睡多時。

輕絲。象床玉手出新奇。千花萬草光凝碧。裁縫衣著，春天歌舞，飛蝶語黃鸝。

春衣。素絲染就已堪悲。塵世昏污無顏色。應同秋扇，從茲永棄。無復奉君時。

歌聲飛落畫梁塵。舞罷春風捲繡茵。更欲縷成機上恨。尊前忽有斷腸人。斂袂而歸，相將好去。

同前

一張機。採桑陌上試春衣。風晴日暖慵無力。桃花枝上，啼鶯言語，不肯放人歸。

兩張機。行人立馬意遲遲。深心未忍輕分付。回頭一笑，花間歸去，只恐被花知。

三張機。吳蠶已老燕雛飛。東風宴罷長洲苑。輕綃催趁，館娃宮女，要換舞時衣。

四張機。咿啞聲裏暗顰眉。回梭織朵垂蓮子。盤花易綰，愁心難整，脈脈亂如絲。

五張機。橫紋織就沈郎詩。中心一句無人會。不言愁恨，不言憔悴，只恁寄相思。

六張機。行行都是耍花兒。花間更有雙蝴蝶。停梭一晌，閒窗影裏，獨自看多時。

七張機。鴛鴦織就又遲疑。只恐被人輕裁剪。分飛兩處，一場離恨，何計再相隨。

八張機。回紋知是阿誰詩。織成一片淒涼意。行行讀遍，厭厭無語，不忍更尋思。

九張機。雙花雙葉又雙枝。薄情自古多離別。從頭到底，將心縈繫，寄過一條絲。（據《全宋詞》）

〔8〕《道宮薄媚》原載曾慥編《樂府雅詞》，王國維《唐宋大曲考》《戲曲考原》《宋元戲

曲考》均曾引用，文繁不錄。

〔9〕《弦索西廂》 即《西廂記諸宮調》，金代董解元作。

〔10〕華路 華路藍縷，語出《左傳．宣公十二年》：「華路藍縷，以啓山林。」後世用以形容創業之艱辛。這裏王氏是說鼓子詞、大曲、諸宮調為元雜劇的形成開闢了道路，雜劇的體制是從這些藝術形式發展演化而成的。參見第90條。

〔11〕曾氏 曾慥，字端伯，自號至游子，南宋詞人。《樂府雅詞》編者。

〔12〕紹興（一一三一—一一六二），南宋高宗趙構年號。

〔13〕汪彥章 汪藻（一零七九—一一五四），字彥章，南宋詩人。

〔14〕徐師川 徐俯，字師川，南宋詩人。

〔15〕《直齋書錄解題》，南宋陳振孫撰。

90

宋人遇令節、朝賀、宴會、落成等事，有「致語」一種。宋子京、歐陽永叔、蘇子瞻、陳後山、文宋瑞集中皆有之。《嘯餘譜》列之於詞曲之間。其式：先「教坊致語」（四六文），次「口號」（詩），次「勾合曲」（四六文），次「勾小兒隊」（四六文），次「隊名」（詩二句），次「問小兒」「小兒致語」，次「勾雜劇」（皆四六文），次「放隊」（或詩或四六文）。若有女弟子隊，則勾女弟子隊如前。[1]其所歌之詞曲與所演之劇，則自伶人定之。少游、補之之《調笑》乃並為之作詞。元人雜劇乃以曲代之，曲中楔子、科白、上下場詩，猶是致語、口號、勾隊、放隊之遺也。此程明善[2]《嘯餘譜》所以列致語於詞曲之間者也。（按：此條原已刪去）

【註】

〔1〕參見王國維《戲曲考原》。

〔2〕程明善 字若水，明人。

91（刪34）

自竹垞痛貶《草堂詩餘》[1]而推《絕妙好詞》[2]，後人群附合之。[3]不知《草堂》雖有褻諢之作，然佳詞恆得十之六七。[4]《絕妙好詞》則除張、范、辛、劉[5]諸家外，十之八九皆極無聊賴之詞。甚矣，人之貴耳賤目也。（按：另有已刪之「古人云『小好小慚，大好大慚』[6]，洵非虛語」。）

【註】

〔1〕《草堂詩餘》，參見第39條註〔4〕。

〔2〕《絕妙好詞》詞總集。南宋末周密編。選錄南宋初期張孝祥至仇遠詞共一百三十二家近四百首。朱彝尊《書〈絕妙好詞〉後》云：「詞人之作，自《草堂詩餘》盛行，屏去激楚、陽阿，而巴人之唱齊進矣。周公謹《絕妙好詞》選本雖未全醇，然中多俊語，方諸《草堂》所錄，雅俗殊分。」（據《曝書亭全集》）

〔3〕《絕妙好詞》，張炎《詞源》稱其「精粹」。但宋元之際，似已很難見到，所以張炎還說「惜此板不存」。元明兩代，名存書佚。清康熙年間，以當時著名藏書家錢曾（遵王）的鈔本，刊版流行。當時對此書評價甚高。錢曾《述古堂藏書題詞》云：「選錄精允，清言秀句，層見疊出，誠詞家之南董也。」柯煜《絕妙好詞序》云：「謝氏五車，未足方其名貴，田宏萬卷，猶當遜其珍奇。得此一編，如逢拱璧。」《四庫全書總目提

要》也稱其「去取謹嚴，猶在曾慥《樂府雅詞》、黃昇《花庵詞選》之上」。宋翔鳳《樂府餘論》云：「南宋詞人繫情舊京，凡言歸路、言家山、言故國，皆恨中原隔絕。此周公謹氏《絕妙好詞》所由選也。」

〔4〕《四庫全書總目提要》「類編草堂詩餘」條云：「朱彝尊作《詞綜》，稱《草堂》選詞可謂無目，其詬之甚至。今觀所錄，雖未免雜而不純，不及《花間》諸集之精善，然利鈍互陳，瑕瑜不掩，名章俊句亦錯出其間。一概詆排，亦未為公論。」

〔5〕張、范、辛、劉 張孝祥、范成大、辛棄疾、劉過。

〔6〕韓愈《與馮宿論文書》云：「時時應事作俗下文字，下筆令人慚。及示人，則以為好矣。小慚者亦蒙謂之小好，大慚者即必以為大好矣。」（據《韓昌黎集》）

92

明顧梧芳刻《尊前集》[1]二卷，自為之引。並云：明嘉禾顧梧芳編次。毛子晉刻《詞苑英華》疑為梧芳所輯。朱竹垞跋稱：吳下得吳寬手鈔本，取顧本勘之，靡有不同，因定為宋初人編輯。《提要》兩存其說。[2]按《古今詞話》[3]云：「趙崇祚《花間集》[4]載溫飛卿《菩薩蠻》甚多，合之呂鵬《尊前集》不下二十闋。」今考顧刻所載飛卿《菩薩蠻》五首，除「詠淚」一首外，皆《花間》所有，知顧刻雖非自編，亦非復呂鵬所編之舊矣。《提要》又云：「張炎《樂府指迷》雖云唐人有《尊前》《花間集》，然《樂府指迷》真出張炎與否，蓋未可定。陳直齋《書錄解題》『歌詞類』以《花間集》為首，註曰：此近世倚聲填詞之祖，而無《尊前集》之名。不應張炎見之而陳振孫不見。」[5]然《書錄解題》「陽春集」條下引高郵崔公度語曰：「《尊前》《花間》往往謬其姓氏。」公度元（按：原誤作「公」）祐[6]間人，《宋史》有傳。則北宋，固有此書，不過直齋未見耳。

又案：黃昇《花庵詞選》李白《清平樂》下註云「翰林應制」。又云「案：唐呂鵬《遏雲集》載應制詞四首，以後二首無清逸氣韻，疑非太白所作」云云。今《尊前集》所載太白《清平樂》有五首，豈《尊前集》一名《遏雲集》，而四首五首之不同，乃花庵所見之本略異歟？又，歐陽炯[7]《花間集序》謂：「明皇朝有李太白應制《清平樂》四首。」則唐末時只有四首，豈末一首為梧芳所羼入，非呂鵬之舊歟？[8]（按：此條原已刪去。）

【註】

〔1〕《尊前集》詞總集。共錄唐五代作家三十餘人，詞二百餘首。

〔2〕〔5〕《四庫全書總目提要》「尊前集」條云：「不著編輯者姓名。前有萬曆間嘉興顧梧芳序云：『余愛《花間集》，欲播傳之，而余斯編第有類焉。』似即梧芳所輯。故毛晉亦謂梧芳採錄名篇，釐為二卷。而朱彝尊跋，則謂於吳下得吳寬手鈔本，取顧本勘之，詞人之先後，樂章之次第，靡有不同，因定為宋初人編輯。考宋張炎《樂府指迷》曰：『粵自隋唐以來，聲詩間為長短句，至唐人則有《尊前》《花間集》。』似乎此書與《花間集》皆為五代舊本。然《樂府指迷》一云沈伯時作，又云顧阿瑛作，其為真出張炎與否，蓋未可定。又，陳振孫《書錄解題》『歌詞類』以《花間集》為首。註曰：『此近世倚聲填詞之祖。』而無《尊前集》之名。不應張炎見之而陳振孫不見。彝尊定為宋本，亦未可盡憑。疑以傳疑，無庸強指。且就詞論詞，原不失為《花間》之驂乘。玩其情采，足資沾溉，亦不必定求其人以實之也。」

〔3〕《古今詞話》，清代沈雄編，參見第93條。

〔4〕《花間集》，參見第6條註〔4〕。

〔6〕元祐（一零八六——一零九四），北宋哲宗趙煦年號。

〔7〕歐陽炯（八九六—九七一），五代後蜀詞人。

〔8〕王國維《庚辛之間讀書記》「尊前集」條：「《尊前集》二卷，明刊本，題明嘉禾顧梧芳編次，東吳史叔成釋。前有萬曆壬午梧芳自序，蓋其自刊本也。梧芳序云：『余素愛《花間集》勝《草堂詩餘》，欲播傳之，曩歲刻於吳興茅氏，兼有附補，而余斯編第有類焉。』其意蓋以為自編也。毛氏《詞苑英華》重刊此本，跋曰：『雍熙間有集唐末五代詞命名《家宴》，為其可以侑觴也，又有名《尊前集》者，殆亦類此，惜其本不傳。嘉禾顧梧芳氏採錄名篇，釐為二卷，仍其舊名』云云，則毛氏亦以此為梧芳自編也。唯朱竹垞《曝書亭集》跋此本則云：『康熙辛酉冬，余留白下，有持吳文定公手鈔本告售，書法精楷，卷首識以私印。取刊本勘之，詞人之先後，樂章之次第，靡有不同，始知是集為宋初人編輯。』《四庫總目》亦採其說，而頗以其名不見宋人書目為疑。余按：《碧雞漫志》『清平樂』『麥秀兩歧』二條下，均引《尊前集》。《直齋書錄解題》『陽春錄』條下，引崔公度序云：『《花間》《尊前》往往謬其姓氏。』則宋時固有此書矣。且《南唐二主詞》為高、孝間人所輯，而《虞美人》以下八首，《蝶戀花》《菩薩蠻》）二首，皆註見《尊前集》，今此本皆有之，惟闕《臨江仙》一首（恐顧氏以有闕字刪去——王氏原註），則南宋人所見之本與此本略同。至編次出何人手，

不見紀載。唯《歷代詩餘》引《古今詞話》云：『趙崇祚《花間集》載溫飛卿《菩薩蠻》甚多，合之呂鵬《尊前集》不下二十闋（按：《古今詞話》一為宋楊湜撰，一為國朝沈雄撰。楊書已佚，頗散見宋人書中。此係不知楊書或沈書，然當有所本。——王氏原註）。』則以此集為呂鵬作。呂鵬亦罕見紀載。黃昇《花庵詞選》李白《清平樂》下註：按唐呂鵬《遏雲集》載應制詞四首，後二首無清逸氣韻，疑非太白所作。今此本所載太白應制《清平樂》有五首，則與呂鵬《遏雲集》不合。又，歐陽炯《花間集序》云：『明皇朝有李白應制《清平樂》四首。』則唐末宋初只有四首，末首自係後人羼入。然則此本雖非梧芳所編，亦非呂鵬之舊矣。此本前有謳舫朱文長印，即竹垞舊藏。而竹垞跋此書乃云不著編次人姓氏。殆作跋時未檢原書，抑欲伸其宋初人編輯之說，故沒其事也？不知明人所題編次纂輯等語全不足據。此本亦題東吳史叔成釋，何嘗釋一字耶？拈出此事，可供目錄家一粲也。」（據《海寧王靜安先生遺書》）

93

《提要》載：「《古今詞話》六卷，國朝沈雄纂。雄字偶僧，吳江人。是編所述上起於唐，下迄康熙中年。」然維見明嘉靖[1]前白口本《箋注草堂詩餘》林外《洞仙歌》[2]下引《古今詞話》云：「此詞乃近時林外題於吳江垂虹亭。」（明刻《類編草堂詩餘》亦同）案：升庵[3]《詞品》云：「林外字豈塵，有《洞仙歌》書於垂虹亭畔。作道裝，不告姓名，飲醉而去。人疑為呂洞賓[4]。傳入宮中。孝宗[5]笑曰：『「雲崖洞天無鎖」，「鎖」與「老」叶韻，則「鎖」音「掃」，乃閩音也。』偵問之，果閩人林外也。」（《齊東野語》[6]所載亦略同。）則《古今詞話》宋時固有此書。豈雄竊此書而復益以近代事歟？又，《季滄葦書目》[7]載《古今詞話》十卷，而沈雄所纂只六卷，益證其非一書矣[8]。

【註】

〔1〕嘉靖（一五二二—一五六六），明世宗朱厚熜年號。

〔2〕林外　洞仙歌

飛梁壓水，虹影澄清曉。橘里漁村半煙草。今來古往，物是人非，天地裏，唯有江山不老。　雨中風帽。四海誰知我。一劍橫空幾番過。按玉龍、嘶未斷，月冷波寒。歸去也、林屋洞天無鎖。認雲屏煙障是吾廬，任滿地蒼苔，年年不掃。（據《全宋詞》）

〔3〕升庵　楊慎（一四八八—一五五九），字用修，號升庵，明代文學家。

〔4〕呂洞賓　民間傳說中的八仙之一。名岩，號純陽子。胡仔《苕溪漁隱叢話》云：《洞仙歌》「人以為呂仙作」。

〔5〕孝宗　南宋孝宗趙昚。

〔6〕《齊東野語》　南宋周密撰。

〔7〕《季滄葦書目》　季振宜撰。振宜字詵兮，號滄葦，清代藏書家。

〔8〕沈雄《古今詞話》「凡例」云：「詞話者，舊有《古今詞話》一書，撰述名氏久矣失傳，又散見一二則於諸刻。茲仍舊名，而斷自六朝，分為四種，據舊輯及新鈔者，前後登之，一見制詞之原委，一見命調之異同，僭為纂述，以鳴一時之盛。」（據《詞話叢編》本）

94（53）

陸放翁跋《花間集》謂：「唐季五代，詩愈卑，而倚聲者輒簡古可愛。能此不能彼，未可以理推也。」《提要》駁之，謂「猶能舉七十斤者，舉百斤則蹶，舉五十斤則運掉自如」。[1]其言甚辨。然謂詞格必卑於詩，余未敢信。善乎陳臥子之言曰：「宋人不知詩而強作詩，故終宋之世無詩。然其歡愉愁苦之致動於中而不能抑者，類發於詩餘，故其所造獨工。」[2] 唐季五代之詞獨勝，亦由此也。

【註】

〔1〕《四庫全書總目提要》「花間集」條云：「後有陸游二跋。……其二稱『唐季五代，詩愈卑，而倚聲者輒簡古可愛。能此不能彼，未易以理推也』。不知文之體格有高卑，人之學力有強弱。學力不足副其體格，則舉之不足。學力足以副其體格，則舉之有餘。律詩降於古詩，故中晚唐古詩多不工，而律詩則時有佳作。詞又降於律詩，故五季人詩不及唐，詞乃獨勝。此猶能舉七十斤者，舉百斤則蹶，舉五十斤則運掉自如，有何不可理推乎？」

〔2〕陳子龍《王介人詩餘序》云：「宋人不知詩而強作詩，其為詩也，言理而不言情，故終宋之世無詩焉。然宋人亦不免於有情也，故凡其歡愉愁怨之致，動於中而不能抑者，類發於詩餘。故其所造獨工，非後世可及。蓋以沉至之思，而出之必淺近，使讀之者，驟遇如在耳目之表，久誦而得雋（原作沉）永之趣，則用意難也；以嬛利之詞，而制之實工練，使篇無累句，句無累字，圓潤明密，言如貫珠，則鑄詞（原作調）難也；

其為體也纖弱，所謂明珠翠羽，尚兼其重，何況龍鸞？必有鮮妍之姿，而不藉粉澤，則設色難也；其為境也婉媚，雖以警露取妍，實貴含蓄有餘不盡，時在低回唱嘆之際，則命篇難也。惟宋人專力事之，篇什既多，觸境皆會，天機所啓，若出自然。雖高談大雅，而亦覺其不可廢。何則？物有獨至，小道可觀也。」（據《陳臥子先生安雅堂稿》，並據《歷代詩餘．詞話》引校改。）

95（刪37）

「君王枉把平陳業，換得雷塘數畝田」[1]，政治家之言也。「長陵亦是閒邱隴，異日誰知與仲多」[2]，詩人之言也。政治家之眼，域於一人一事。詩人之眼，則通古今而觀之。[3]詞人觀物，須用詩人之眼，不可用政治家之眼。故感事、懷古等作，當與壽詞同為詞家所禁也。

【註】

〔1〕羅隱　煬帝陵

入郭登橋出郭船，紅樓日日柳年年。君王忍把平陳業，只博（換）雷塘數畝田。（據《全唐詩》）

據《隋書．煬帝紀》：楊廣死後，宇文化及把他「葬吳公臺下」，「大唐平江南之後改葬雷塘」。

〔2〕唐彥謙　仲山（高祖兄仲隱居之所）

千載遺蹤寄薜羅，沛中鄉里漢山河。長陵亦是閒丘壟，異日誰知與仲多。（據《全唐詩》）

《漢書．高帝紀》：「置酒前殿。上奉玉卮為太上皇壽，曰：『始大人常以臣無賴，不能治產業，不如仲力。今某之業所就，孰與仲多？』殿上群臣皆稱萬歲。」

〔3〕所謂「詩人之眼，則通古今而觀之」即是不局限於政治上的利害得失，進入純粹的審美靜觀的境地。王國維《紅樓夢評論》云：「美術之為物，欲者不觀，觀者不欲；而藝術之美所以優於自然之美者，全存於使人易忘物我之關係也。」（據《海寧王靜安先生遺書．靜庵文集》）

宋人小説[1]多不足信。如《雪舟脞語》謂：台州知府唐仲友眷官伎嚴蕊奴。朱晦庵繫治之。及晦庵移去，提刑岳霖行部至台，蕊乞自便。岳問曰：去將安歸？蕊賦《卜算子》詞云「住也如何住」云云。[2]案：此詞係仲友戚高宣教作，使蕊歌以侑觴者，見朱子《糾唐仲友奏牘》。[3]則《齊東野語》所紀朱、唐公案[4]，恐亦未可信也。

【註】

〔1〕這裏所説的「小説」是指傳説、軼聞之類，並非指作為文學體裁的小説。朱自清《論雅俗共賞》云：「宋代的筆記最發達，流傳下來的很多。目錄學家將這種筆記歸在『小説』項下。」「中國古代所謂『小説』，原是指記述雜事的趣味作品而言。」（《朱自清古典文學論文集》上冊，上海古籍出版社本）

〔2〕邵桂子《雪舟脞語》云：「唐悦齋仲友字與正，知台州。朱晦庵為浙東提舉，數不相得，至於互申。壽皇問宰執二人曲直。對曰：『秀才爭閒氣耳。』悦齋眷官妓嚴蕊奴，

晦庵捕送囹圄。提刑岳商卿霖行部疏決，蕊奴乞自便。憲使問：『去將安歸？』蕊奴賦《卜算子》，末云：『住也如何住，去也終須去。若得山花插滿頭，莫問奴歸處。』憲笑而釋之。」（據陶宗儀《說郛》，涵芬樓本）

嚴蕊　卜算子

不是愛風塵，似被前身誤。花開花落自有時，總是東君主。　去也終須去，住也如何住。若得山花插滿頭，莫問奴歸處。（《夷堅支志》庚卷十）（據《全宋詞》）

〔3〕朱熹《按唐仲友第四狀》云：「每遇仲友筵會，嚴蕊進入宅堂，因此密熟，出入無間，上下合千人並無阻節。今年二月二十六日宴會。夜深，仲友因與嚴蕊逾濫，欲行落籍，遣歸婺州永康縣親戚家。說與嚴蕊『如在彼處不好，卻來投奔我』。至五月十六日筵會，仲友親戚高宣教撰曲一首，名《卜算子》。後一段云：『去又如何去，住又如何住。但得山花插滿頭，休問奴歸處。』」（據《朱子大全》，四部備要本）

〔4〕周密《齊東野語》「朱唐交奏本末」條云：「朱晦庵按唐仲友事，或云呂伯恭嘗與仲友同書會有隙，朱主呂，故抑唐，是不然也。蓋唐平時恃才輕晦庵，而陳同父頗為朱所進，與唐每不相下。同父遊台，嘗狎籍妓，囑唐為脫籍，許之。偶郡集，唐語妓云：『汝果欲從陳官人耶？』妓謝。唐云：『汝須能忍飢受凍乃可。』妓聞大恚。自是陳

至妓家，無復前之奉承矣。陳知為唐所賣，亟往見朱。朱問：『近日小唐云何？』答曰：『唐謂公尚不識字，如何作監司？』朱銜之，遂以部內有冤獄，乞再巡按。既至台，適唐出迎少稽，朱益以陳言為信。立索郡印，付以次官。乃摭唐罪具奏，而唐亦作奏馳上。時唐鄉相王淮當軸。既進呈，上問王。王奏：『此秀才爭閒氣耳。』遂兩平其事。」（據《叢書集成初編》本）

97（刪40）

唐五代之詞，有句而無篇。南宋名家之詞，有篇而無句。有篇有句，唯李後主降宋後之作，及永叔、子瞻、少游、美成、稼軒數人而已。

98（刪41）

唐五代北宋之詞家，倡優也。南宋後之詞家，俗子也。二者其失相等。然詞人之詞，寧失之倡優而不失之俗子。以俗子之可厭，較倡優為甚故也。

99（45）

讀東坡、稼軒詞，須觀其雅量高致[1]，有伯夷、柳下惠之風[2]。白石雖似蟬蛻塵埃，然如韋、柳之視陶公，非徒有上下床之別。

【校】

「然如韋、柳……上下床之別。」通行本作：「然終不免局促轅下。」

【註】

〔1〕胡寅《題酒邊詞》云：「眉山蘇軾，一洗綺羅香澤之態，擺脫綢繆宛轉之度，使人登高望遠，舉首高歌，而逸懷浩氣超然乎塵垢之外。於是《花間》為皁隸，而柳氏為輿臺矣。」（據《宋六十名家詞．酒邊詞》，四部備要本）

王灼《碧雞漫志》云：「東坡先生非心醉於音律者，偶爾作歌，指出向上一路，新天下耳目，弄筆者始知自振。」（據《中國古典戲曲論著集成》本）

俞文豹《吹劍錄》云：「東坡在玉堂日，有幕士善歌。因問：『我詞何如柳七？』對曰：『柳郎中詞，只合十七八女郎，執紅牙板，歌「楊柳外曉風殘月」。學士詞，須關西大漢，銅琵琶鐵綽板，唱「大江東去」。』」（轉自《歷代詩餘．詞話》）劉克莊《辛稼軒集序》，周濟《介存齋論詞雜著》，參見第11條註〔8〕。

〔2〕伯夷、柳下惠在封建社會中被認為是高風亮節之士。伯夷為殷孤竹君之子。柳下惠為春秋時魯人。《孟子．萬章下》：「孟子曰：『伯夷，聖之清者也。……柳下惠，聖之和者也。』」《孟子．盡心下》：「孟子曰：『聖人，百世之師也，伯夷、柳下惠是也。故聞伯夷之風者，頑夫廉、懦夫有立志。聞柳下惠之風者，薄夫敦、鄙夫寬，奮乎百世之上、百世之下，聞者莫不興起也，非聖人而能若是乎？而況於親炙之者乎？』」（據《孟子正義》，《諸子集成》本）

100（46）

東坡、稼軒，詞中之狂。白石，詞中之狷也。夢窗、玉田、西麓、草窗之詞，則鄉愿而已。[1]

【校】

此條通行本作：「蘇辛，詞中之狂。白石，猶不失為狷。若夢窗、梅溪、玉田、草窗、中（當作『西』）麓輩，面目不同，同歸於鄉愿而已。」

【註】

〔1〕《論語・子路》：「子曰：『不得中行而與之，必也狂狷乎？狂者進取，狷者有所不為也。』」《論語・陽貨》：「子曰：『鄉原，德之賊也。』」（據《論語正義》，《諸子集成》本）《孟子・盡心下》：「萬子曰：『一鄉皆稱原人焉，無所往而不為原人。孔子以為德之賊，何哉？』曰：『非之無舉也，刺之無刺也，同乎流俗，合乎污世，居之似忠信，行之似廉潔，眾皆悅之，自以為是，而不可與入堯舜之道，故曰德之賊也。孔子曰：……惡鄉原，恐其亂德也。』」（據《孟子正義》）

101（刪42）

《蝶戀花》（獨倚危樓）[1]一闋，見《六一詞》，亦見《樂章集》。余謂：屯田輕薄子，只能道「奶奶蘭心蕙性」[2]耳。「衣帶漸寬終不悔，為伊消得人憔悴」，此等語固非歐公不能道也。

【校】

通行本無「衣帶漸寬終不悔，為伊消得人憔悴」。

【註】

〔1〕《蝶戀花》（獨倚危樓），參見第2條註〔1〕。

〔2〕柳永　玉女搖仙佩（佳人）

飛瓊伴侶，偶別珠宮，未返神仙行綴。取次梳妝，尋常言語，有得許多姝麗。擬把名花比。恐旁人笑我，談何容易。細思算、奇葩艷卉，惟是深紅淺白而已。爭如這多情，佔得人間，千嬌百媚。　須信畫堂繡閣，皓月清風，忍把光陰輕棄。自古及今，佳人才子，少得當年雙美。且恁相偎倚。未消得、憐我多才多藝。願奶奶、蘭心蕙性，枕前言下，表余深意。為盟誓。今生斷不孤鴛被。（據《全宋詞》）

102（刪43）

讀《會真記》[1]者，惡張生之薄幸而恕其奸非。讀《水滸傳》[2]者，恕宋江之橫暴而責其深險。此人人之所同也。故艷詞可作，唯萬不可作儇薄語。龔定庵[3]詩云：「偶賦淩雲偶倦飛，偶然閒慕遂初衣。偶逢錦瑟佳人問，便說尋春為汝歸。」[4]其人之涼薄無行，躍然紙墨間。余輩讀耆卿、伯可[5]詞，亦有此感[6]。視永叔、希文[7]小詞何如耶？

【註】

〔1〕《會真記》 即《鶯鶯傳》，元稹著，唐傳奇名作之一。敍張生與鶯鶯愛情故事。董解元《西廂記諸宮調》和王實甫《西廂記》均取材於此。

〔2〕《水滸傳》 施耐庵著，以梁山農民起義為題材的我國著名長篇小說。

〔3〕龔定庵 龔自珍（一七九二—一八四一），又名恐祚，字璱人，號定庵，清代思想家、文學家。

〔4〕龔自珍《己亥雜詩三百十五首》。見《定盦全集．文集補》。

〔5〕耆卿：柳永，參見第55條註〔1〕；伯可　康與之，字伯可，南宋詞人。

〔6〕張炎《詞源》云：「詞欲雅而正，志之所之，一為情所役，則失其雅正之音；耆卿、伯可不必論，雖美成亦有所不免……所謂淳厚日變成澆風也。」

〔7〕希文　范仲淹，參見第3條註〔4〕。

103（刪44）

詞人之忠實，不獨對人事宜然。即對一草一木，亦須有忠實之意，否則所謂游詞[1]也。

【註】

〔1〕游詞　參見第122條註〔1〕。

104（14）

溫飛卿之詞，句秀也。韋端己之詞，骨秀也。李重光之詞，神秀也。

105（15）

詞至李後主而眼界始大，感慨遂深，遂變伶工之詞而為士大夫之詞。周介存置諸溫、韋之下，可謂顛倒黑白矣。[1]「自是人生長恨水長東。」[2]「流水落花春去也，天上人間。」[3]《金荃》[4]《浣花》[5]能有此種氣象耶？

【註】

〔1〕周濟《介存齋論詞雜著》云：「李後主詞，如生馬駒，不受控捉。……毛嬙、西施，天下美婦人也：嚴妝佳，淡妝亦佳，粗服亂頭，不掩國色。飛卿、嚴妝也；端己、淡妝也；後主、則粗服亂頭矣。」

王氏認為：李煜詞眼界闊大、感慨深沉、神采飛揚（「神秀」），遠在辭句華美（「句秀」）的溫庭筠詞和風清骨俊（「骨秀」）的韋莊詞之上。在他之前，早已有人提出類似的看法。明人胡應麟《詩藪》云：「後主……樂府為宋人一代開山祖。蓋溫、韋雖藻麗，而氣頗傷促，意不勝辭，至此君方是當行作家，清便宛轉，詞家王、孟。」和周濟同屬常州派的譚獻對李煜詞十分推重。他在《詞辨》中評李煜《虞美人》二首為「神品」。另一位常州派詞論家馮煦認為北宋詞源於南唐二主和馮延巳。（參見第6條註〔2〕）晚清詞人王鵬運讚美李煜詞「超逸絕倫，虛靈在骨」，甚至稱李煜為「詞中之帝」。（見《半塘老人遺稿》）王氏顯然受到這些看法的影響。

〔2〕李煜 烏夜啼

林花謝了春紅，太匆匆！無奈朝來寒雨晚來風。 胭脂淚，留人醉，幾時重？自是人生長恨水長東！（據《李璟李煜詞》）

〔3〕李煜 浪淘沙令

簾外雨潺潺，春意闌珊，羅衾不耐五更寒。夢裏不知身是客，一晌貪歡。 獨自莫憑闌！無限關山，別時容易見時難。流水落花春去也，天上人間！（同上）

〔4〕《金荃》 《金荃集》，溫庭筠詞集，佚。後人輯本名《金荃詞》。

〔5〕《浣花》 《浣花詞》，韋莊詞集，輯本。

106（16）

詞人者，不失其赤子之心者也。[1] 故生於深宮之中，長於婦人之手，是後主為人君所短處，亦即為詞人所長處。故後主之詞，天真之詞也。他人，人工之詞也。

（按：「故後主之詞……人工之詞也」原已刪去。）

【校】

通行本無原已刪去之兩句。

【註】

〔1〕王國維《叔本華與尼采》引叔本華《世界是意志和表象》云：「天才者，不失其赤子之心者也。……赤子能感也，能思也，能教也。其愛知識也，較成人為深。而其受知識也，亦視成人為易。……故自某方面觀之，凡赤子皆天才也。又凡天才，自某點觀之皆赤子也。」（據《海寧王靜安先生遺書・靜庵文集》）

《孟子・離婁下》：「孟子曰：『大人者，不失其赤子之心者也。』」（據《孟子正義》）

袁枚《隨園詩話》云：「余常謂：詩人者，不失其赤子之心者也。」（據人民文學出版社本）

107（17）

客觀之詩人，不可不閱世。閱世愈深，則材料愈豐富，愈變化，《水滸傳》《紅樓夢》[1]之作者是也。主觀之詩人，不必多閱世。閱世愈淺，則性情愈真，李後主是也。

【校】

「不可不閱世」，通行本作「不可不多閱世」。

【註】

〔1〕《紅樓夢》　曹雪芹著。王國維著有《紅樓夢評論》，認為《紅樓夢》是「徹頭徹尾的悲劇」，是「宇宙之大著述」。

108（18）

尼采謂：「一切文學，余愛以血書者。」[1]後主之詞，真所謂以血書者也。宋道君皇帝[2]《燕山亭》詞[3]亦略似之。然道君不過自道身世之戚，後主則儼有釋迦[4]、基督[5]擔荷人類罪惡之意，其大小固不同也。

【註】

〔1〕尼采（一八四零—一九零零），德國大哲學家。他在《蘇魯支語錄》中說：「凡一切已經寫下的，我只愛其人用血寫下的書。用血寫書，然後你將體會到，血便是精義。」（梵澄譯，據《世界文庫》本）

〔2〕宋道君皇帝　宋徽宗趙佶（一零八二—一一三五），在位二十五年，內禪皇太子趙桓（即欽宗），尊為教主道君皇帝。

〔3〕趙佶　燕山亭

裁翦冰綃，打疊數重，冷淡燕脂勻注。新樣靚妝，艷溢香融，羞殺蕊珠宮女。易得凋零，更多少、無情風雨。愁苦。閒院落淒涼，幾番春暮。 憑寄離恨重重，這雙燕，何曾會人言語。天遙地遠，萬水千山，知他故宮何處。怎不思量，除夢裏、有時曾去。無據。和夢也、有時不做。（據《全宋詞》）

〔4〕釋迦　釋迦牟尼，佛教始祖。

〔5〕基督　耶穌基督，基督教始祖。基督意為救世主。

109

楚辭之體，非屈子[1]所創也。《滄浪》[2]《鳳兮》[3]之歌已與三百篇異，然至屈子而最工。五七律始於齊、梁而盛於唐。詞源於唐而大成於北宋。故最工之文學，非徒善創，亦且善因。[4]（按：此條原已刪去）

【註】

〔1〕屈子　屈原（約前三四零—約前二七八），名平，字原，又名正則，字靈均，戰國楚人，詩人。

〔2〕《滄浪》歌見《孟子·離婁》：「滄浪之水清兮，可以濯我纓。滄浪之水濁兮。可以濯我足。」

〔3〕《鳳兮》歌見《論語·微子》：「鳳兮！鳳兮！何德之衰？往者不可諫，來者猶可追。已而！已而！今之從政者殆而！」

〔4〕葉燮《原詩》云：「夫惟前者啓之，而後者承之而益之；前者創之，而後者因之而廣大之。……詩自三百篇以至於今，此中終始相承相成之故，乃豁然明矣。豈可以臆劃而妄斷者哉！」（據《原詩·一瓢詩話·説詩晬語》，人民文學出版社本）

110（30）

「風雨如晦，雞鳴不已。」[1]「山峻高以蔽日兮，下幽晦以多雨。霰雪紛其無垠兮，雲霏霏而承宇。」[2]「樹樹皆秋色，山山盡落暉。」[3]「可堪孤館閉春寒，杜鵑聲裏斜陽暮。」[4]氣象皆相似。

【註】

〔1〕詩經．鄭風．風雨

風雨淒淒，雞鳴喈喈。既見君子，云胡不夷。　風雨瀟瀟，雞鳴膠膠。既見君子，云胡不瘳。　風雨如晦，雞鳴不已。既見君子，云胡不喜。（據《詩集傳》）

〔2〕屈原《九章．涉江》中句，文繁不錄。

〔3〕王績　野望

東皋薄暮望，徙倚欲何依。樹樹皆秋色，山山唯落暉。牧人驅犢返，獵馬帶禽歸。相顧無相識，長歌懷采薇。（據《全唐詩》）

〔4〕秦觀《踏莎行》中句，參見第33條註〔2〕。

111（刪39）

《滄浪》《鳳兮》二歌，已開楚辭體格。然楚辭之最工者，推屈原、宋玉[1]，而後此王褒[2]、劉向[3]之詞不與焉。五古之最工者，實推阮嗣宗[4]、左太沖[5]、郭景純[6]、陶淵明，而前此曹[7]、劉[8]，後此陳子昂[9]、李太白不與焉。詞之最工者，實推後主、正中、永叔、少游、美成，而前此溫、韋，後此姜、吳，皆不與焉。

（按：此條原已刪去）

【註】

〔1〕宋玉　戰國楚國辭賦家。

〔2〕王褒　字子淵，西漢辭賦家。

〔3〕劉向（約前七七—前六），本名更生，字子政，西漢文學家、文獻學家。

〔4〕阮嗣宗　阮籍（二一零—二六三），字嗣宗，三國魏詩人。

〔5〕左太沖　左思（二五零？—三零五？），字太沖，西晉文學家。

〔6〕郭景純　郭璞（二七六—三二四），字景純，晉代文學家。

〔7〕曹　曹植（一九二—二三二），字子建，漢魏之際詩人。

〔8〕劉　劉楨（？—二一七），字公幹，「建安七子」之一，漢末文學家。

〔9〕陳子昂（六六一—七零二，或六五六—六九五），字伯玉，唐代詩人。

112（刪45）

讀《花間》《尊前集》，令人回想徐陵[1]《玉臺新詠》[2]。讀《草堂詩餘》，令人回想韋縠[3]《才調集》[4]。讀朱竹垞《詞綜》[5]，張皋文、董子遠[6]（按：「子遠」原誤作「晉卿」）《詞選》[7]，令人回想沈德潛[8]《三朝詩別裁集》[9]。

【註】

〔1〕徐陵（五零七—五八三），字孝穆，南北朝梁、陳文學家。

〔2〕《玉臺新詠》 詩歌總集。徐陵編選，收錄輕靡之作頗多。

〔3〕韋縠 五代前蜀文學家。

〔4〕《才調集》 詩歌總集。韋縠編選。所選為唐代各時期詩歌，偏重男女情愛，風格穠艷。

〔5〕《詞綜》 詞總集。朱彝尊編，汪森增定。選錄唐、宋、元詞六百餘家，二千二百五十多首。朱、汪為清代詞學浙派的創始者，論詞主張「醇雅」，推崇南宋姜夔等格律派詞人。

〔6〕董子遠 董毅字子遠，張惠言外孫。繼張氏《詞選》，編成《續詞選》。

〔7〕《詞選》 詞總集。張惠言編選。選錄唐、五代、宋四十四家詞一百十六首。《續詞選》，

董毅編。選錄一百二十首。張氏為清代常州詞派的創始者，論詞強調「比興」，反對「苟為雕琢曼辭」。但解詞往往深文羅織、牽強附會。《詞選》和《續詞選》對於詞的選錄和解釋體現了這種思想。

〔8〕沈德潛（一六七三—一七六九），字確士，號歸愚，清代文學家。

〔9〕《三朝詩別裁集》即《唐詩別裁集》《明詩別裁集》和《清詩別裁集》。沈德潛編選。沈氏論詩提倡「溫柔敦厚」的「詩教」，反對淫靡，在一定程度上影響到選材和去取。

113（刪46）

明季國初諸老[1]之論詞，大似袁簡齋[2]之論詩，其失也纖小而輕薄。竹垞以降之論詞者[3]，大似沈歸愚，其失也枯槁而庸陋。

【註】

〔1〕指陳子龍、李雯、宋徵輿、宋徵璧、鄒祗謨、彭孫遹、賀裳、朱彝尊、汪森諸人。

〔2〕袁簡齋　袁枚（一七一六—一七九七），字子才，號簡齋、隨園老人，清代文學家。

〔3〕指張惠言、周濟、譚獻、馮煦諸人。

114（44）

東坡之詞曠，稼軒之詞豪。[1]無二人之胸襟而學其詞[2]，猶東施之效捧心[3]也。

【註】

〔1〕劉熙載《藝概．詞曲概》云：「東坡詞具神仙出世之姿。」「稼軒詞龍騰虎擲。」「稼軒豪傑之詞。」

〔2〕陳廷焯《白雨齋詞話》云：「東坡心地光明磊落，忠愛根於性生，故詞極超曠，而意極和平。稼軒有吞吐八荒之概，而機會不來，正則可以為郭、李，為岳、韓，變則即桓溫之流亞，故詞極豪雄，而意極悲鬱。蘇辛兩家各自不同，後人無東坡胸襟，又無稼軒氣概，漫為規撫，適形粗鄙耳。」「東坡一派，無人能繼。稼軒同時則有張、陸、劉、蔣輩，後起則有遺山、迦陵、板橋、心余輩；然愈學稼軒，去稼軒愈遠。稼軒自有真耳，

不得其本，徒逐其末，以狂呼叫囂為稼軒，亦誣稼軒甚矣。」

〔3〕東施效捧心，即東施效顰。《莊子．天運》：「西子病心而矉（顰）其里，其里之醜人，見而美之，歸亦捧心而矉其里。」意思是說美女西施因為胸部疼痛，經常在人面前捂着心口（「捧心」）皺眉頭（「顰」）。她的鄰居中的一個醜女看見了，覺得姿態很美，回去也學着在人面前捂心口皺眉頭。《太平寰宇記》云：「越州諸暨縣，有西施家、東施家。」所以後人稱這個醜女為東施。東施效顰是機械地、僅僅從外表形式上模仿別人的意思。

115（刪47）

東坡之曠在神，白石之曠在貌。白石如王衍口不言阿堵物[1]，而暗中為營三窟之計[2]，此其所以可鄙也。

【註】

〔1〕劉義慶《世說新語》云：「王夷甫雅尚玄遠，常嫉其婦貪濁，口未嘗言『錢』字。婦

欲試之，令婢以錢繞床不得行。夷甫晨起，見錢閡行，呼婢曰：『舉卻阿堵物。』」阿堵，六朝俗語，意思是「這個」「這東西」。這裏王衍用來指錢，後世遂以「阿堵」為錢之代稱。

〔2〕齊人馮諼寄食孟嘗君門下。他在替孟嘗君去薛收債時，把債務全部取消，並且當眾燒毀債券。薛地的民眾對孟嘗君感恩戴德。幾年後，孟嘗君被罷相回到薛，民眾扶老攜幼歡迎他。馮諼對他說：「狡兔有三窟，僅得免死耳。今君有一窟，未得高枕而臥也。請為君復鑿二窟。」於是他又到梁國去游說，梁惠王派使者聘請孟嘗君去當宰相。齊王聽到這個消息十分害怕，馬上重新任命孟嘗君為宰相。馮諼又讓孟嘗君請求齊王同意在薛建立宗廟。廟成後，馮諼說：「三窟已就，居姑高枕為樂矣。」（見《戰國策・齊策》）

116（27）

永叔「人間自是有情癡，此恨不關風與月」「直須看盡洛城花，始與東風容易別」。[1]於豪放之中有沉着之致，所以尤高。

【註】

〔1〕歐陽修　玉樓春

尊前擬把歸期説。未語春容先慘咽。人生自是有情癡，此恨不關風與月。　離歌且莫翻新闋。一曲能教腸寸結。直須看盡洛城花，始共東風容易別。（據《全宋詞》）

117（60）

詩人對自然人生，須入乎其內，又須出乎其外。入乎其內，故能寫之。出乎其外，故能觀之。入乎其內，故有生氣。出乎其外，故有高致。[1] 美成能入而不能出。白石以降，於此二事皆未夢見。

【校】

「自然人生」，通行本作「宇宙人生」。

【註】

〔1〕龔自珍《尊史》云：「史之尊非其職語言、司謗譽之謂，尊其心也。心何如而尊？善入。何者善入？天下山川形勢，人心風氣，土所宜，性所貴，皆知之。國之祖宗之令，下逮吏胥之所宜守，皆知之。其於言禮、言兵、言政、言獄、言掌故、言文體、言人賢否，如其言家事，可謂入矣。又如何而尊？善出。何者善出？天下山川形勢，人心風氣，土所宜，姓所貴，國之祖宗之令，下逮吏胥之所守，皆有聯事焉，皆非所專官。其於言禮、言兵、言政、言獄、言掌故、言文體、言人賢否，如優人在堂下號咷舞歌，哀樂萬千，堂上觀者，肅然踞坐，眄睞而指點焉，可謂出矣。不善入者，非實錄，垣外之耳，烏能治堂中之優也耶？則史之言，必有餘寱（囈）。不善出者，必無高情至論，優人哀樂萬千，手口沸羹，彼豈復能自言其哀樂也耶？則史之言，必有餘喘。」（據《定盦全集．續集》，四部備要本）

周濟《宋四家詞選目錄序論》云：「夫詞，非寄託不入，專寄託不出。一物一事，引而伸之，觸類多通，驅心若游絲之罥飛英，含毫如郢斤之斲蠅翼，以無厚入有間，既習已，意感偶生，假類畢達，閱載千百，謦欬弗違，斯入矣。賦情獨深，逐境必寤，醞釀日久，冥發妄中，雖鋪敘平淡，摹繪淺近，而萬感橫集，五中無主，讀其篇者，臨淵窺魚，意為魴鯉，中宵驚電，罔識東西，赤子隨母笑啼，鄉人緣劇喜怒，抑可謂能出矣。」

王國維《國學叢刊序》云：「夫天下之事物，非由全不足以知曲，非致曲不足以知全。雖一物之解釋、一事之決斷，非深知宇宙人生之真相者不能為也；而欲知宇宙人生者，雖宇宙中之一現象、歷史上之一事實，亦未始無所貢獻。故深湛幽渺之思，學者有所不避焉；迂遠繁瑣之譏，學者有所不辭焉。事物無大小、無遠近，苟思之得其真、紀之得其實，極其會歸，皆有裨於人類之生存福祉。」（據《海寧王靜安先生遺書·觀堂別集》）

118（25）

「我瞻四方，蹙蹙靡所騁」[1]，詩人之憂生也。「昨夜西風凋碧樹。獨上高樓，望盡天涯路」[2]似之。「終日馳車走，不見所問津」[3]，詩人之憂世也。「百草千花寒食路，香車繫在誰家樹」[4]似之。

【註】

〔1〕見《詩經·小雅·節南山》，文繁不錄。

〔2〕晏殊《鵲踏枝》，參見第1條註〔4〕。

〔3〕陶潛　飲酒二十首（之二十）

羲農去我久，舉世少復真。汲汲魯中叟，彌縫使其淳。鳳鳥雖不至，禮樂暫得新。洙泗輟微響，漂流逮狂秦。詩書復何罪，一朝成灰塵。區區諸老翁，為事誠殷勤。如何絕世下，六籍無一親！終日馳車走，不見所問津。若復不快飲，空負頭上巾。但恨多謬誤，君當恕醉人。（據《陶淵明集》）

〔4〕馮延巳　鵲踏枝

幾日行雲何處去？忘了歸來，不道春將暮。百草千花寒食路。香車繫在誰家樹？　淚眼倚樓頻獨語。雙燕飛來，陌上相逢否？撩亂春愁如柳絮。悠悠夢裏無尋處。（據《陽春集》）

119（刪48）

「紛吾既有此內美兮，又重之以修能。」[1]文學之事，於此二者不可缺一。然詞乃抒情之作，故尤重內美。[2]無內美而但有修能，則白石耳。

【校】

「文學之事」，通行本作「文字之事」。

【註】

〔1〕見屈原《離騷》。

〔2〕內美指詩人高尚的人格。王國維《文學小言》云：「三代以下之詩人，無過於屈子、淵明、子美、子瞻者。此四子者若無文學之天才，其人格亦自足千古。故無高尚偉大之人格，而有高尚偉大之文學者，殆未之有也。」《二田畫廎記》云：「夫繪畫之可貴者，非以其所繪之物也，必有我焉以寄於物之中。故自其外而觀之，則山水、雲樹、竹石、花草無往而非物也；自其內而觀之，則子久也、仲圭也、元鎮也、叔明也，吾

見之於牆而聞其謦欬矣。且子久不能為仲圭，仲圭不能為元鎮，元鎮、叔明不能為子久、仲圭，則以子久之我非仲圭之我，而仲圭、元鎮、叔明三人者，亦各自有其我故也。畫之高下，視其我之高下，一人之畫之高下，又視其一時之我之高下。」（據《海寧王靜安先生遺書．觀堂集林》）按：子久、仲圭、元鎮、叔明指元代畫家黃公望（字子久）、吳鎮（字仲圭）、倪瓚（字元鎮，號雲林子）、王蒙（字叔明）。他們是元代最有影響的畫家，被稱為「元四家」。

120（61）

詩人必有輕視外物之意，故能以奴僕命風月。又必有重視外物之意，故能與花鳥同憂樂。

121（刪49）

詩人視一切外物，皆遊戲之材料也。然其遊戲，則以熱心為之。故詼諧與嚴重二性質，亦不可缺一也。[1]

【註】

〔1〕王國維《文學小言》云：「文學者，遊戲的事業也。人之勢力，用於生存競爭而有餘，於是發而為遊戲。……成人以後，又不能以小兒之遊戲為滿足，於是對其自己之情感及所觀察之事物而摹寫之、詠嘆之，以發洩所儲蓄之勢力。」

122

金朗甫作《詞選後序》，分詞為「淫詞」「鄙詞」「游詞」三種。[1]詞之弊盡是矣。五代北宋之詞，其失也淫。辛、劉之詞，其失也鄙。姜、張之詞，其失也游。

（按：此條原已刪去）

【註】

〔1〕金應珪《詞選後序》云：「近世為詞，厥有三蔽：義非宋玉而獨賦蓬發，諫謝淳于而

唯陳履舄，揣摩床笫，污穢中冓，是謂淫詞，其蔽一也。猛起奮末，分言析字，詼嘲則俳優之末流，叫嘯則市儈之盛氣，此猶巴人振喉以和陽春，黽蜮怒嗌以調疏越，是謂鄙詞，其蔽二也。規模物類，依託歌舞，哀樂不衷其性，慮嘆無與乎情，連章累篇，義不出乎花鳥，感物指事，理不外乎酬應，雖既雅而不艷，斯有句而無章，是謂游詞，其蔽三也。」（據《詞選》）陳廷焯《白雨齋詞話》云：金氏「此論深中世病，學人必破此三蔽，而後可以為詞」。

123（62）

「昔為倡家女，今為蕩子婦。蕩子行不歸，空床難獨守」[1]，「何不策高足，先據要路津。無為久貧賤，轗軻長苦辛」[2]，可謂淫鄙之尤。然無視為淫詞、鄙詞者，以其真也。五代北宋之大詞人亦然。非無淫詞，然讀之者但覺其沉摯動人。非無鄙詞，然但覺其精力彌滿。可知淫詞與鄙詞之病，非淫與鄙之為病，而游之為病也。「豈不爾思，室是遠而。」而子曰：「未之思也，夫何遠之有？」惡其游也。

【校】

「沉摯動人」，通行本作「親切動人」。

【註】

〔1〕古詩十九首之二

青青河畔草，鬱鬱園中柳。盈盈樓上女，皎皎當窗牖。娥娥紅粉妝，纖纖出素手。昔為倡家女，今為蕩子婦。蕩子行不歸，空床難獨守。（據《文選》）

〔2〕古詩十九首之四

今日良宴會，歡樂難具陳。彈箏奮逸響，新聲妙入神。令德唱高言，識曲聽其真。齊心同所願，含意俱未申。人生寄一世，奄忽若飆塵。何不策高足，先據要路津。無為守窮賤，轗軻長苦辛。（同上）

124（52）

納蘭容若以自然之眼觀物，以自然之筆寫情。此由初入中原，未染漢人風氣，故能真切如此。同時朱[1]、陳[2]、王[3]、顧[4]諸家，便有文勝則史[5]之弊。

【校】

「以自然之筆寫情」，通行本作「以自然之舌言情」。「同時朱、陳……之弊」，通行本作「北宋以來，一人而已」。

【註】

〔1〕朱 朱彝尊，參見第66條註〔1〕。

〔2〕陳 陳維崧，參見第68條註〔3〕。

〔3〕王 王士禛，參見第29條註〔2〕。

〔4〕顧 顧貞觀（一六三七—一七一四），字華峰，號梁汾，清代詞人。

〔5〕《論語·雍也》：「子曰：『質勝文則野，文勝質則史。文質彬彬，然後君子。』」（據《論語正義》）

125（54）

四言敝而有楚辭，楚辭敝而有五言，五言敝而有七言，古詩敝而有律絕，律絕敝而有詞。蓋文體通行既久，染指遂多，自成陳套。豪傑之士，亦難於中自出新意，故往往遁而作他體，以發表其思想感情。一切文體所以始盛終衰者皆由於此。故謂文學今不如古，余不敢信。但就一體論，則此說固無以易也。

【校】

「陳套」，通行本作「習套」。「以發表其思想感情」，通行本作「以自解脱」。「今不如古」，通行本作「後不如前」。

126（63）

「枯藤老樹昏鴉。小橋流水平沙[1]。古道西風瘦馬。夕陽西下。斷腸人在天涯。」此元人馬東籬[2]《天淨沙》小令也。寥寥數語，深得唐人絕句妙境。[3]有元一代詞家，皆不能辨此也。

【校】

《人間詞話》原稿無此條，現附於此。

【註】

〔1〕「平沙」，除《歷代詩餘》外，諸本均作「人家」。

〔2〕馬東籬　馬致遠（一二五零？—一三二一到一三三四間），字千里，號東籬，元代文學家。

〔3〕王國維《宋元戲曲考》云：「《天淨沙》小令，純是天籟，彷彿唐人絕句。馬東籬《秋思》一套，周德清評之，以為萬中無一，明王元美等亦推為套數第一，誠定論也。此二體雖與元雜劇無涉，可知元人之於曲，天實縱之，非後世之人所能望其項背也。」（據《王國維戲曲論文集》）

下卷　人間詞話附錄

下卷分兩部份：（一）論詞語輯錄，輯錄《人間詞話》以外的零星論詞語；（二）人間詞話選，從王國維《二牖軒隨錄》中摘出的詞話部份。

（一）論詞語輯錄

1[1]

王君靜安將刊其所為《人間詞》，詒書告余曰：「知我詞者莫如子，敍之亦莫如子宜。」余與君處十年矣，比年以來，君頗以詞自娛。余雖不能詞，然喜讀詞。每夜漏始下，一燈熒然，玩古人之作，未嘗不與君共。君成一闋，易一字，未嘗不以訊余。既而暌離，苟有所作，未嘗不郵以示余也。然則余於君之詞，又烏可以無言乎？夫自南宋以後，斯道之不振久矣！元、明及國初諸老，非無警句也。然不免乎局促者，氣困於雕琢也。嘉、道[2]以後之詞，非不諧美也。然無救於淺薄者，意竭於摹擬也。君之於詞，於五代喜李後主、馮正中，於北宋喜永叔、子瞻、少游、美成，於南宋除稼軒、白石外，所嗜蓋鮮矣。尤痛詆夢窗、玉田。謂夢窗砌字，玉田壘句。一雕琢，一敷衍，其病不同，而同歸於淺薄。六百年來詞之不振，實自此始。其持論如此。及讀君自所為詞，則誠往復幽咽，動搖人心。快而沉，直而能曲。不屑屑於言詞之末，而名句間出，殆往往度越前人。至其言近而指遠，意決而辭婉，自永叔以後，殆未有工如君者也。君始為詞時亦不自意其至此，而卒至此者，天也，非人之所能為也。若夫觀物之微，託興之深，則又君詩詞之特色。求之古代作者，罕有倫比。嗚呼！不勝古人不足以與古人並，君其知之矣。世有疑余言者乎，則何不取古人之詞與君詞比類而觀之也？光緒丙午三月，山陰樊志厚敍。

【註】

〔1〕此條和第2條，即《人間詞》甲稿序和乙稿序，均錄自《海寧王靜安先生遺書》。這兩篇序雖署名樊志厚，實出王氏手筆。徐調孚云：「署名山陰樊志厚的《人間詞》甲乙兩稿序，據趙萬里先生所作《年譜》，實在是王國維自己的作品。」（通行本《重印後記》）王幼安云：「此二序雖為觀堂手筆，而命意實出自樊氏，觀堂廢稿中曾引樊氏之語，而樊氏所賞諸詞，《觀堂集林》亦不盡入選，可證也。」（通行本《人間詞話附錄》第22條按語）此條寫於一九零六年，下條寫於一九零七年。

〔2〕嘉、道　嘉慶（一七九六－一八二零），清仁宗顒琰年號。道光（一八二一－一八五

零），清宣宗旻寧年號。

2

去歲夏，王君靜安集其所為詞，得六十餘闋，名曰《人間詞甲稿》，余既敍而行之矣。今冬，復匯所作詞為《乙稿》，丐余為之敍。余其敢辭。乃稱曰：文學之事，其內足以攄己而外足以感人者，意與境二者而已。上焉者意與境渾，其次或以境勝，或以意勝。苟缺其一，不足以言文學。原夫文學之所以有意境者，以其能觀也。出於觀我者，意餘於境。而出於觀物者，境多於意。然非物無以見我，而觀我之時，又自有我在。故二者常互相錯綜，能有所偏重，而不能有所偏廢也。文學之工不工，亦視其意境之有無與其深淺而已。自夫人不能觀古人之所觀而徒學古人之所作，於是始有偽文學。學者便之，相尚以辭，相習以模擬，遂不復知意境之為何物，豈不悲哉！苟持此以觀古今人之詞，則其得失，可得而言焉。溫、韋之精艷，所以不如正中者，意境有深淺也。珠玉[1]所以遜六一[2]，小山[3]所以愧淮海[4]者，意境異也。美成晚出，始以辭采擅長，然終不失為北宋人之詞者，有意境也。南宋詞人之有意境者，唯一稼軒，然亦若不欲以意境勝。白石之詞，氣體雅健耳，至於意境，則去北宋人遠甚。及夢窗、玉田出，並不求諸氣體，而惟文字之是務，於是詞之道熄矣。自元迄明，益以不振。至於國朝，而納蘭侍衛[5]以天賦之才，崛起於方興之族。其所為詞悲涼頑艷，獨有得於意境之深，可謂豪傑之士奮乎百世之下者矣。同時朱、陳，既非勁敵；後世項、蔣，尤難鼎足。[6]至乾、嘉以降，審乎體格韻律之間者愈微，而意味之溢於字句之表者愈淺。豈非拘泥文字，而不求諸意境之失歟？抑觀我觀物之事自有天在，固難期諸流俗歟？余與靜安，均夙持此論。靜安之為詞，真能以意境勝。夫古今人詞之以意勝者，莫若歐陽公。以境勝者，莫若秦少游。至意境兩渾，則惟太白、後主、正中數人足以當之。靜安之詞，大抵意深於歐，而境次於秦。至其合作，如《甲稿》《浣溪沙》之「天末同雲」、《蝶戀花》之「昨夜夢中」、《乙稿》《蝶戀花》之「百尺朱樓」等闋[7]，皆意境兩忘，物我一體。[8]高蹈乎八荒之表，而抗心乎千秋之間。駸駸乎兩漢之疆域，廣於三代，貞觀[9]之政治，隆於武德[10]矣。方之侍衛，豈徒伯仲。此固君所得於天者獨深，抑豈非致力於意境之效也。至君詞之體裁，亦與五代北宋為近。然君詞之所以為五代北宋之詞者，以其有意境在。若以其體裁故，而至遽指為五代北宋，此又君之不任受。固當與夢窗、玉田之徒，專事摹擬者，同類而笑之也。光緒三十三年十月，山陰樊志厚敘。

【註】

〔1〕珠玉　晏殊，其詞名《珠玉詞》。

〔2〕六一　歐陽修。

〔3〕小山　晏幾道。

〔4〕淮海　秦觀。

〔5〕納蘭侍衛　納蘭性德，曾為侍衛。

〔6〕朱、陳、項、蔣　朱彝尊、陳維崧、項鴻祚、蔣春霖。參見《人間詞話》第61條、第124條。

〔7〕諸詞參見《人間詞話》第26條註〔2〕。

〔8〕王國維《此君軒記》云：「竹之為物，草木中之有特操者。……使人觀之，其胸廓然而高、淵然而深、泠然而清，挹之而無窮，玩之而不可褻也。其超世之致與不可屈之節與君子為近，是以君子取焉。……其觀物也，見夫類是者而樂焉。其創物也，達夫如是者而後慊焉。……善畫竹者亦然。彼獨有見於其原，而直以其胸中瀟灑之致、勁

直之氣一寄之於畫。其所寫者，即其所觀，其所觀者，即其所蓄者也。物我無間，而道藝為一，與天冥合而不知其所以然。」（據《海寧王靜安先生遺書．觀堂集林》）

〔9〕貞觀（六二七—六四九），唐太宗李世民年號。

〔10〕武德（六一八—六二六），唐高祖李淵年號。

3[1]

先生[2]於詩文無所不工，然尚未盡脫古人蹊徑。平生著述，自以樂府為第一。詞人甲乙，宋人早有定論。[3]惟張叔夏病其意趣不高遠。[4]然北宋人如歐、蘇、秦、黃，高則高矣，至精工博大，殊不逮先生。故以宋詞比唐詩，則東坡似太白，歐、秦似摩詰[5]，耆卿似樂天[6]，方回、叔原則大曆十子[7]之流。南宋惟一稼軒可比昌黎[8]。而詞中老杜，則非先生不可。昔人以耆卿比少陵[9]，猶為未當也。

【註】

〔1〕此條到第7條，均節自《清真先生遺事．尚論三》。

〔2〕「先生」指周邦彥，以下四條同。
〔3〕陳振孫《直齋書錄解題》，參見《人間詞話》第8條註〔4〕。
〔4〕張炎《詞源》，參見《人間詞話》第8條註〔4〕。
〔5〕摩詰　王維（七零一—七六一，或六九九—七五九），字摩詰，唐代詩人。
〔6〕樂天　白居易。
〔7〕大曆十子　唐代大曆（七六六—七七九，唐代宗李豫年號）年間的十位詩人。《新唐書·盧綸傳》云：「綸與吉中孚、韓翃、錢起、司空曙、苗發、崔峒、耿湋、夏侯審、李端皆能詩，齊名，號大曆十才子。」
〔8〕昌黎　韓愈（七六八—八二四），字退之，唐代文學家。
〔9〕張端義《貴耳集》引項平齋語：「學詩當學杜詩，學詞當學柳詞。」「杜詩、柳詞皆無表德，只是實說。」（據《叢書集成初編》本）

4

先生之詞，陳直齋謂其多用唐人詩句櫽栝入律，渾然天成，張玉田謂其善於融化詩句，然此不過一端。不如強煥云「模寫物態，曲盡其妙」為知言也。[1]

【註】

〔1〕參見《人間詞話》第8條註〔4〕。

5

山谷云：「天下清景，不擇賢愚而與之，然吾特疑端為我輩設。」[1]誠哉是言！抑豈獨清景而已，一切境界，無不為詩人設。世無詩人，即無此種境界。夫境界之呈於吾心而見於外物者，皆須臾之物。惟詩人能以此須臾之物，鐫諸不朽之文字，使讀者自得之。遂覺詩人之言，字字為我心中所欲言，而又非我之所能自言，此大詩人之秘妙也。境界有二：有詩人之境界，有常人之境界。詩人之境界，惟詩人能感之而能寫之，故讀其詩者，亦高舉遠慕，有遺世之意。而亦有得有不得，且得之者亦各有深淺焉。若夫悲歡離合、羈旅行役之感，常人皆能感之，而惟詩人能寫之。故其入於人者至深，而行於世也尤廣。先生之詞，屬於第二種為多。故宋時別本之多，他無與匹。[2] 又和者三家，[3] 註者二家。[4]（強煥本亦有註，見毛跋）自士大夫以至婦人女子，莫不知有清真[5]，而種種無稽之言，亦由此以起。[6] 然非入人之深，烏能如是耶？

【註】

〔1〕見釋惠洪《冷齋夜話》。

〔2〕王國維《清真先生遺事．著述二》云：「案先生詞集，其古本則見於《景定嚴州續志》《花庵詞選》者曰《清真詩餘》。見於《詞源》者曰《圈法美成詞》。見於《直齋書錄》者曰《清真詞》，曰《曹杓注清真詞》。又與方千里、楊澤民《和清真詞》合刻者曰《三英集》。（見毛晉《方千里和清真詞跋》）子晉所藏《清真集》，其源亦出宋本，加以溧水本，是宋時已有七本。別本之多，為古今詞家所未有。」（據《海寧王靜安先生遺書》）

〔3〕宋人和《清真詞》全詞者有方千里、楊澤民《和清真詞》以及陳允平《西麓繼周集》三家。

〔4〕宋人註《清真詞》者有曹杓、陳允龍兩家。曹註已佚，陳註即《彊村叢書》本《片玉

集》。

〔5〕陳郁《藏一話腴》云：「周邦彥字美成，自號清真，二百年來以樂府獨步。貴人、學士、市儇、妓女，（皆）知美成詞為可愛。」（據《豫章叢書》本）

〔6〕宋人筆記記周邦彥軼事甚多。王國維在《清真先生遺事．事跡一》中一一考辨，認為多屬無稽之談。王國維云：「先生立身頗有本末，而為樂府所累。遂使人間異事皆附蘇秦，海內奇言盡歸方朔。」（《清真先生遺事．尚論三》）

6

樓忠簡[1]謂先生妙解音律。[2]惟王晦叔[3]《碧雞漫志》謂：「江南某氏者，解音律，時時度曲。周美成與有瓜葛。每得一解，即為制詞。故周集中多新聲。」則集中新曲，非盡自度。然顧曲名堂，不能自已，固非不知音者。故先生之詞，文字之外，須兼味其音律。惟詞中所註宮調，不出教坊十八調之外，則其音非大晟樂府之新聲，而為隋唐以來之燕樂，固可知也。今其聲雖亡，讀其詞者，猶覺拗怒之中，自饒和婉。曼聲促節，繁會相宣，清濁抑揚，轆轤交往。兩宋之間，一人而已。

【註】

〔1〕樓忠簡　樓鑰（一一三七—一二一三），字大防，號攻媿主人。

〔2〕樓鑰《清真先生文集序》云：「（周邦彥）風流自命，又性好音律，如古之妙解，顧曲名堂，不能自已。」（據《攻媿集》四部叢刊本）

〔3〕王晦叔　王灼，字晦叔。南宋文學家。

7

偽詞最多。強煥本所增強半皆是。如《片玉詞》上《青玉案》（良夜燈光簇如豆）[1]一闋，乃改山谷《憶帝京》[2]詞為之者，決非先生作。

【註】

〔1〕周邦彥　青玉案

良夜燈光簇如豆。占好事、今宵有。酒罷歌闌人散後。琵琶輕放，語聲低顫，滅燭來

相就。　玉體偎人情何厚。輕惜輕憐轉唧嚠。雨散雲收眉兒皺。只愁彰露，那人知後。把我來僝僽。（據《全宋詞》）

〔2〕黃庭堅　憶帝京（私情）

銀燭生花如紅豆。占好事、而今有。人醉曲屏深，借寶瑟、輕招手。一陣白蘋風，故滅燭、教相就。　花帶雨、冰肌香透。恨啼鳥、轆轤聲曉。岸柳微涼吹殘酒。斷腸時、至今依舊。鏡中消瘦。那人知後，怕夯你來僝僽。（據《全宋詞》）

8[1]

（《雲謠集雜曲子》[2]）《天仙子》[3]詞，特深峭隱秀，堪與飛卿、端己抗行。[4]

【註】

〔1〕此條錄自《觀堂集林·唐寫本〈雲謠集雜曲子〉跋》。

〔2〕《雲謠集雜曲子》敦煌石室藏唐人寫本，為現存最早詞總集，其中大部份為民間作品，清新流麗，樸素自然。

〔3〕 天仙子

燕語啼時三月半。煙蘸柳條金線亂。五陵原上有仙娥，攜歌扇。香爛漫。留住九華雲一片。　犀玉滿頭花滿面。負妾一雙偷淚眼。淚珠若得似珍珠，拈不散。知何限？串向紅絲應百萬。

燕語鶯啼驚教（覺）夢。羞見鸞臺雙舞鳳。天仙別後信難通，無人問，花滿洞。休把同心千遍弄。　叵耐不知何處去？正是花開誰是主？滿樓明月夜三更，無人語。淚如雨。便是思君腸斷處。（據王重民輯《敦煌曲子詞集》修訂本）

〔4〕 王國維《題敦煌所出唐人雜書六絕句》（之三）：「虛聲樂府擅繽紛，妙悟新安迥出群。茂倩漫收雙絕句，教坊原有《鳳歸雲》。」（據《海寧王靜安先生遺書．觀堂集林》）

9[1]

（皇甫松[2]詞）黃叔暘[3]稱其《摘得新》二首[4]為有達觀之見。[5]余謂不若《憶江南》二闋[6]，情味深長，在樂天、夢得上也。[7]

【註】

〔1〕從此條到17條，錄自《唐五代二十一家詞輯》諸跋（據《王忠愨公遺書》）。寫於一九零八年。

〔2〕皇甫松「松」一作「嵩」，字子奇，唐代詞人。

〔3〕黃叔暘　黃昇，字叔暘，號玉林，南宋詞人。

〔4〕皇甫松　摘得新

酌一卮。須教玉笛吹。錦筵紅蠟燭，莫來遲。繁紅一夜經風雨，是空枝。

摘得新。枝枝葉葉春。管弦兼美酒，最關人。平生都得幾十度，展香茵。（據《花間集校》）

〔5〕見沈雄《古今詞話》。

〔6〕皇甫松　夢江南

蘭燼落，屏上暗紅蕉。閒夢江南梅熟日，夜船吹笛雨瀟瀟。人語驛邊橋。

樓上寢，殘月下簾旌。夢見秣陵惆悵事，桃花柳絮滿江城。雙髻坐吹笙。（同上）

〔7〕王氏意為，皇甫松之《憶江南》在白居易、劉禹錫詞之上。茲錄白、劉詞於下。

白居易　憶江南

江南好，風景舊曾諳。日出江花紅勝火，春來江水綠如藍。能不憶江南？
江南憶，最憶是杭州。山寺月中尋桂子，郡亭枕上看潮頭。何日更重遊？
江南憶，其次憶吳宮。吳酒一杯春竹葉，吳娃雙舞醉芙蓉。早晚得相逢。

劉禹錫　憶江南

春去也，多謝洛陽人。弱柳從風疑舉袂，叢蘭裛露似霑巾。獨坐亦含顰。
春去也，共惜艷陽年。猶有桃花流水上，無辭竹葉醉尊前。惟待見青天。（據《全唐詩》）

10

端己詞情深語秀，雖規模不及後主、正中，要在飛卿之上。觀昔人顏、謝優劣論[1]可知矣。

【註】

〔1〕參見《人間詞話》第77條註〔10〕。

11

（毛文錫[1]）詞比牛[2]、薛[3]諸人，殊為不及。葉夢得[4]謂：「文錫詞以質直為情致，殊不知流於率露。諸人評庸陋詞者，必曰：此仿毛文錫之《贊成功》[5]而不及者。」[6]其言是也。

【註】

〔1〕毛文錫　字平珪，五代前蜀詞人。

〔2〕牛　牛嶠，參見第50條註〔2〕。

〔3〕薛　薛昭蘊，唐末官侍郎，詞人。

〔4〕葉夢得（一零七七—一一四八），字少蘊，號石林居士，南宋文學家。

〔5〕毛文錫　贊成功

海棠未坼，萬點深紅。香包緘結一重重。似含羞態，邀勒春風。蜂來蝶去，任繞芳叢。

昨夜微雨，飄灑庭中。忽聞聲滴井邊桐。美人驚起，坐聽晨鐘。快教折取，戴玉瓏璁。（據《花間集校》）

〔6〕見沈雄《古今詞話》引，文字略有不同。

12

（魏承班[1]）詞遜於薛昭蘊、牛嶠，而高於毛文錫，然皆不如王衍[2]。五代詞以帝王為最工，豈不以無意於求工歟？

【註】

〔1〕魏承班　五代前蜀詞人。

〔2〕王衍　五代前蜀主。

13

（顧）敻[1]詞在牛給事[2]、毛司徒[3]間。《浣溪沙》（春色迷人）[4]一闋，亦見《陽春錄》[5]。與《河傳》《訴衷情》數闋[6]，當為敻最佳之作矣。

【註】

〔1〕顧夐　五代蜀詞人。

〔2〕牛給事　牛嶠。

〔3〕毛司徒　毛文錫。

〔4〕顧夐　浣溪沙

春色迷人恨正賒，可堪蕩子不還家。細風輕露着梨花。

簾外有情雙燕颺，檻前無力綠楊斜。小屏狂夢極天涯。（據《花間集校》）

〔5〕《陽春錄》即《陽春集》，馮延巳詞集。

〔6〕顧夐　河傳

燕颺。晴景。小窗屏暖，鴛鴦交頸。菱花掩卻翠鬟欹，慵整。海棠簾外影。　繡帷

香斷金鸂鶒。無消息。心事空相憶。倚東風。春正濃。愁紅。淚痕衣上重。

曲檻。春晚。碧流紋細，綠楊絲軟。露花鮮，杏枝繁。鶯囀。野蕪平似剪。　直是

人間到天上。堪遊賞。醉眼疑屏障。對池塘。惜韶光。斷腸。為花須盡狂。

棹舉。舟去。波光渺渺，不知何處。岸花汀草共依依。雨微。鷓鴣相逐飛。　天涯

離恨江聲咽。啼猿切。此意向誰説。倚蘭橈。獨無聊。魂銷。小爐香欲焦。

訴衷情

香滅簾垂春漏永，整鴛衾。羅帶重。雙鳳。縷黃金。窗外月光臨。沉沉。斷腸無處尋。負春心。（另一首見《人間詞話》第51條註〔2〕。據《花間集校》）

14

周密《齊東野語》稱其詞（按：指毛熙震[1]詞）「新警而不為儇薄」[2]。余尤愛其《後庭花》[3]，不獨意勝，即以調論，亦有隽上清越之致，視文錫蔑如也。

【註】

〔1〕毛熙震　五代蜀詞人。

〔2〕見沈雄《古今詞話》。

〔3〕毛熙震　後庭花

鶯啼燕語芳菲節。瑞庭花發。昔時歡宴歌聲揭。管弦清越。　　自從陵谷追遊歇。畫梁塵黦。傷心一片如珪月。閒鎖宮闕。

輕盈舞妓含芳艷。競妝新臉。步搖珠翠修娥斂。膩鬟雲染。　歌聲慢發開檀點。繡衫斜掩。時將纖手勻紅臉。笑拈金靨。

越羅小袖新香倩。薄籠金釧。倚欄無語搖輕扇。半遮勻面。　春殘日暖鶯嬌懶。滿庭花片。爭不教人長相見。畫堂深院。（據《花間集校》）

15

（閻選[1]）詞唯《臨江仙》第二首[2]有軒翥[3]之意，余尚未足與於作者也。

【註】

〔1〕閻選　五代蜀詞人。

〔2〕閻選　臨江仙

十二高峰天外寒。竹梢輕拂仙壇。寶衣行雨在雲端。畫簾深殿，香霧冷風殘。　欲問楚王何處去？翠屏猶掩金鸞。猿啼明月照空灘。孤舟行客，驚夢亦艱難。（據《花間

集校》）

〔3〕楚辭《遠遊》：「雌蜺便娟以增撓兮，鸞鳥軒翥而翔飛。」（據《楚辭集注》）

16

昔沈文愨[1]深賞（張）泌[2]「綠楊花撲一溪煙」[3]為晚唐名句。[4]然其詞如「露濃香泛小庭花」[5]較前語似更幽艷也。

【註】

〔1〕沈文愨　沈德潛，謚文愨，參見《人間詞話》第112條註〔8〕。

〔2〕張泌　五代南唐詞人。

〔3〕張泌　洞庭阻風

空江浩蕩景蕭然，盡日菰蒲泊釣船。青草浪高三月渡，綠楊花撲一溪煙。情多莫舉傷春目，愁極兼無買酒錢。猶有漁人數家住，不成村落夕陽邊。（據《全唐詩》）

〔4〕見《唐詩別裁》張蠙《夏日題老將林亭》後沈德潛評語。

〔5〕張泌　浣溪沙

獨立寒階望月華，露濃香泛小庭花。繡屏愁背一燈斜。　雲雨自從分散後，人間無路到仙家。但憑夢魂訪天涯。（據《花間集校》）

17

（孫光憲[1]詞）昔黃玉林賞其「一庭花雨濕春愁」[2]為古今佳句。[3]余以為不若「片帆煙際閃孤光」[4]尤有境界也。

【註】

〔1〕孫光憲　字孟文，五代荊南詞人。

〔2〕孫光憲　浣溪沙

攬鏡無言淚欲流，凝情半日懶梳頭。一庭疏雨濕春愁。　楊柳只知傷怨別，杏花應信損嬌羞。淚沾魂斷軫離憂。（據《花間集校》）

〔3〕見沈雄《古今詞話》。

〔4〕孫光憲　浣溪沙

蓼岸風多橘柚香，江邊一望楚天長。片帆煙際閃孤光。　目送征鴻飛杳杳，思隨流水去茫茫。蘭紅波碧憶瀟湘。（據《花間集校》）

18[1]

歐公《蝶戀花》「面旋落花」云云[2]，字字沉響，殊不可及。

【註】

〔1〕錄自王國維舊藏《六一詞》眉間批語。

〔2〕歐陽修　蝶戀花

面旋落花風蕩漾。柳重煙深，雪絮飛來往。雨後輕寒猶未放，春愁酒病成惆悵。　枕畔屏山圍碧浪。翠被華燈，夜夜空相向。寂寞起來褰繡幌，月明正在梨花上。（據《全宋詞》）

19[1]

溫飛卿《菩薩蠻》[2]「雨後卻斜陽，杏花零落香」。少游之「雨餘芳草斜陽，杏花零落燕泥香」[3]雖自此脱胎，而實有出藍之妙。

【註】

〔1〕此條至23條，錄自王國維舊藏《詞辨》眉間批語。

〔2〕溫庭筠　菩薩蠻

南園滿地堆輕絮，愁聞一霎清明雨。雨後卻斜陽，杏花零落香。　無言勻睡臉，枕上屏山掩。時節欲黃昏，無聊獨倚門。（據《花間集校》）

〔3〕秦觀　畫堂春（春情）

東風吹柳日初長。雨餘芳草斜陽。杏花零落燕泥香。睡損紅妝。　寶篆暗消鸞鳳，畫屏縈繞瀟湘。暮寒輕透薄羅裳，無限思量。（據《全宋詞》）

20 白石尚有骨，玉田則一乞人耳。

21 美成詞多作態，故不是大家氣象。若同叔、永叔雖不作態，而「一笑百媚生」[1]矣。此天才與人力之別也。

【註】

〔1〕白居易《長恨歌》：「回眸一笑百媚生，六宮粉黛無顏色。」

22 周介存謂：「白石以詩法入詞，門徑淺狹，如孫過庭[1]書，但便後人模仿。」[2]予謂近人所以崇拜玉田，亦由於此。

【註】

〔1〕孫過庭　字虔禮，唐代書法家、書法理論家。他的《書譜》有墨跡及多種刻本傳世。

〔2〕見周濟《介存齋論詞雜著》。

23

予於詞，五代喜李後主、馮正中而不喜《花間》。宋喜同叔、永叔、子瞻、少游而不喜美成。南宋只愛稼軒一人，而最惡夢窗、玉田。介存《詞辨》所選詞，頗多不當人意。而其論詞則多獨到之語。始知天下固有具眼人，非予一人之私見也。

24[1]

有明一代，樂府道衰。《寫情》《扣舷》[2]，尚有宋元遺響。仁、宣[3]以後，茲事幾絕。獨文愍[4]以魁碩之才，起而振之。豪壯典麗，與于湖[5]、劍南為近。[6]

【註】

〔1〕此條錄自《庚辛之間讀書記．桂翁詞》（《海寧王靜安先生遺書》）

〔2〕《寫情》《扣舷》《寫情集》，劉基詞集。《扣舷集》，高啓詞集。

〔3〕仁、宣　明仁宗朱高熾（一四二五年在位）；明宣宗朱瞻基（一四二六—一四三五年在位）。

〔4〕文愍　夏言（一四八二—一五四八），字公謹，官至首輔，謚文愍。

〔5〕于湖　張孝祥（一一三二—一一六九），字安國，號于湖居士，南宋詞人。

〔6〕陳廷焯《白雨齋詞話》云：「詞至於明，而詞亡矣。伯溫（劉基）、季迪（高啓），已失古意。降至升庵（楊慎）輩，句琢字煉，枝枝葉葉為之，益難語於大雅。自馬浩瀾（馬洪）、施閬仙（施紹莘）輩出，淫詞穢語，無足置喙。明末陳人中（陳子龍），能以穠艷之筆，傳淒婉之神，在明代便算高手。然視國初諸老，已難同日而語，更何論唐宋哉。」

25[1]

彊村詞，余最賞其《浣溪沙》（獨鳥衝波去意閒）二闋[2]，筆力峭拔，非他詞可能過之。

【註】

〔1〕此條和26條摘自趙萬里《丙寅日記》所記王國維論學語。丙寅，一九二六年。

〔2〕朱祖謀　浣溪沙

獨鳥衝波去意閒，瑰霞如赭水如箋。為誰無盡寫江天。　並舫風弦彈月上，當窗山髻挽雲還。獨經行地未荒寒。

翠阜紅厓夾岸迎，阻風滋味暫時生。水窗官燭淚縱橫。　禪悅新耽如有會，酒悲突起總無名。長川孤月向誰明？（據《清名家詞．彊村語業》）

26

蕙風[1]聽歌諸作，自以《滿路花》[2]為最佳。至《題香南雅集圖》諸詞[3]，殊覺泛泛，無一言道著。

【註】

〔1〕蕙風　況周頤（一八五九—一九二六），原名周儀，字夔笙，號蕙風，詞人。

〔2〕況周頤　滿路花（彊村有聽歌之約，詞以堅之）

蟲邊安枕簟，雁外夢山河。不成雙淚落、為聞歌。浮生何意，盡意付消磨。見說寰中秀，曼睩修蛾。舊家風度無過。　鳳城絲管，回首惜銅駝。看花余老眼、重摩挲。香塵人海，唱徹定風波。點鬢霜如雨，未比愁多。問天還問嫦娥。（梅郎蘭芳以《嫦娥奔月》一劇蜚聲日下）（據《清名家詞．蕙風詞》）

〔3〕況周頤　戚氏（漚尹為畹華索賦此調，走筆應之）

佇飛鸞。萼綠仙子彩雲端。影月娉婷，浣霞明艷，好誰看。華鬘。夢尋難。當歌掩淚十年閒。文園鬢雪如許，鏡裏長葆幾朱顏？縞袂重認，紅簾初捲，怕春暖也猶寒。乍維摩病榻，花雨催起，著意清歡。　絲管賺出嬋娟。珠翠照映，老眼太辛酸。春宵短、繫驄難穩，栩蝶須還。近尊前。暫許對影香南。笛語遍寫烏闌。番風漸急，省識將離，已忍目斷關山。（畹華將別去，道人先期作虎山之遊避之）　念我滄江晚。消何遜筆，舊恨吟邊。未解清平調苦，道苔枝、翠羽信纏綿。劇憐畫罨瑤臺，醉扶紙帳，爭遣愁千萬。算更無、月地雲階見。誰與訴、鶴守緣慳。甚素娥、暫缺能圓。更芳節、後約是今番。耐清寒慣，梅花賦也，好好紉蘭。（同上）

27[1]

蕙風詞小令似叔原，長調亦在清真[2]、梅溪間，而沉痛過之。彊村雖富麗精工，猶遜其真摯也。天以百凶成就一詞人，果何為哉！[3]

【註】

〔1〕此條和下條錄自王國維《蕙風琴趣》評語。

〔2〕清真　周邦彥，自號清真居士。

〔3〕況氏中光緒五年鄉試後，官內閣中書，後入兩江總督張之洞、端方幕，辛亥革命後居上海，成為所謂「勝朝遺老」，詞中多寄寓眷戀清王朝之情。這就是王氏所說的「沉痛」。況氏晚年生活困頓，至無以舉炊，賣書渡日。《浣溪沙》（無米）：「逃墨翻教突不黔，瓶罍何暇恥罍鹽。半生辛苦一時甜！　傳苦枯螢共寧耐，無憐飢鼠誤窺覘，頑夫自笑為誰憐！」《秋宵吟》（賣書）：「似怨別侯門，玉容深鎖。字裏珠塵，待幻作山頭飯顆。」所以王氏說「天以百凶成就一詞人」。

28

蕙風《洞仙歌》（秋日遊某氏園）[1]及《蘇武慢》（寒夜聞角）[2]二闋，境似清真，集中他作，不能過之。

【註】

〔1〕況周頤　洞仙歌（秋日獨遊某氏園）

一向閒緣借。便意行散緩，消愁聊且。有花迎徑曲，鳥呼林罅。秋光取次披圖畫。恣遠眺、登臨臺與榭。堪瀟灑。奈眡斷征鴻，幽恨翻縈惹。　忍把。鬢絲影裏，袖淚寒邊，露草煙蕪，付與杜牧狂吟，誤作少年遊冶。殘蟬肯共傷心語。問幾見，斜陽疏柳掛？誰慰藉？到重陽、插菊攜萸事真假。酒更貰，更有約、東籬下。怕蹉跎霜訊，夢沉人悄西風乍。（據《清名家詞．蕙風詞》）

〔2〕

況周頤　蘇武慢（寒夜聞角）

愁入雲遙，寒禁霜重，紅燭淚深人倦。情高轉抑，思往難回，淒咽不成清變。風際斷時，迢遞天街，但聞更點。枉教人回首，少年絲竹，玉容歌管。　憑作出、百緒淒涼，淒涼惟有，花冷月閒庭院。珠簾繡幕，可有人聽？聽也可曾腸斷？除卻塞鴻，遮莫城烏，替人驚慣。料南枝明日，應減紅香一半。（同上）

（二）人間詞話選

余於七、八年前，偶書詞話數十則。今檢舊稿，頗有可採者，摘錄如下：

1 詞以境界為最上。有境界則自成高格，自有名句。五代北宋之詞所以獨絕者在此。

2 言氣格，言神韻，不如言境界。境界，本也。氣格、神韻，末也。境界具，而二者隨之矣。

3

有造境，有寫境。此理想與寫實二派之所由分。然二者頗難區別。因大詩人所造之境，必合乎自然，所寫之境，必鄰於理想故也。

4

境非獨謂景物也，情感亦人心中之一境界。故能寫真景物、真感情者，謂之有境界，否則謂之無境界。

5

「紅杏枝頭春意鬧」，著一「鬧」字而境界全出，「雲破月來花弄影」，著一「弄」字而境界全出矣。

6 境界有大小，然不以是而分優劣。「細雨魚兒出，微風燕子斜」，何遽不若「落日照大旗，馬鳴風蕭蕭」。「寶簾閒掛小銀鈎」，何遽不若「霧失樓臺，月迷津渡」也。

7 《詩·蒹葭》一篇，最得風人深致。晏同叔之「昨夜西風凋碧樹。獨上高樓，望盡天涯路」意頗近之。但一灑落，一悲壯耳。

8 「我瞻四方，蹙蹙靡所騁」，詩人之憂生也。「昨夜西風凋碧樹。獨上高樓，望盡天涯路」似之。「終日馳車走，不見所問津」，詩人之憂世也。「百草千花寒食路，香車繫在誰家樹」似之。

9

成就一切事，罔不歷三種境界：「昨夜西風凋碧樹。獨上高樓，望盡天涯路。」此第一境也。「衣帶漸寬終不悔，為伊消得人憔悴。」此第二境也。「眾裏尋他千百度，回頭驀見。那人正在，燈火闌珊處。」此第三境也。此等語均非大詞人不能道，然遽以此意解諸詞，恐為晏、歐諸公所不許也。

10

太白詞純以氣象勝。「西風殘照，漢家陵闕」，寥寥八字，遂關千古登臨之口。後世唯范文正之《漁家傲》、夏英公之《喜遷鶯》差堪繼武，然氣象已不逮矣。

11 溫飛卿之詞，句秀也。韋端己之詞，骨秀也。李後主之詞，神秀也。詞至李後主而境界始大，感慨遂深，遂變伶工之詞而為士大夫之詞。宋初晏、歐諸公，皆自此出，而花間一派微矣。

12 馮正中詞除《鵲踏枝》《菩薩蠻》數十闋最煊赫外，如《醉花間》之「高樹鵲銜巢，斜月明寒草」，雖韋蘇州之「流螢渡高閣」、孟襄陽之「疏雨滴梧桐」不能過也。

13 「畫屏金鷓鴣」，飛卿語也，其詞品似之。「弦上黃鶯語」，端己語也，其詞品亦似之。若正中詞品欲於其詞求之，則「和淚試嚴妝」殆近之歟？

14

歐陽公《浣溪沙》詞「綠楊樓外出鞦韆」。晁補之謂：只一「出」字便後人所不能道。余謂此本於正中《上行杯》詞「柳外鞦韆出畫牆」，但歐語尤工耳。

15

少游詞境最為淒婉。至「可堪孤館閉春寒，杜鵑聲裏斜陽暮」則變而淒厲矣。東坡賞其後二語，猶為皮相。

16

東坡之詞曠，稼軒之詞豪。無二人之胸襟而學其詞，猶東施之效捧心也。

17 讀東坡、稼軒詞，須觀其雅量高致，有伯夷、柳下惠之風。白石雖似蟬蛻塵埃，終不免局促轅下。

18 昭明太子稱陶淵明詩「跌宕昭彰，獨超眾類，抑揚爽朗，莫之與京」。王無功稱薛收賦「韻趣高奇，詞義晦遠。嵯峨蕭瑟，真不可言」。詞中惜少此二種氣象。前者坡詞近之，後者唯白石略得一二耳。

19 白石寫景之作，如「二十四橋仍在，波心蕩、冷月無聲」「數峰清苦，商略黃昏雨」「高樹晚蟬，說西風消息」，雖格韻高絕，然如霧裏看花，終隔一層。梅溪、夢窗諸家寫景之作，其病皆在一「隔」字。北宋風流，過江遂絕，抑真有風會存乎其間耶？

20

東坡、稼軒，詞中之狂。白石，詞中之狷。若梅溪、夢窗、草窗、玉田、西麓、竹山之詞，則鄉愿而已。

21

問「隔」與「不隔」之別，曰：「生年不滿百，常懷千歲憂。晝短苦夜長，何不秉燭遊？」「服食求神仙，多為藥所誤。不如飲美酒，被服紈與素。」寫情如此，方為不隔。「採菊東籬下，悠然見南山。山氣日夕佳，飛鳥相與還。」「天似穹廬，籠蓋四野。天蒼蒼，野茫茫，風吹草低見牛羊。」寫景如此，方為不隔。詞亦如之。

如歐陽公《少年遊》詠春草云「闌干十二獨憑春，晴碧遠連雲。千里萬里，三月二月，行色苦愁人」，語語皆在目前，便是不隔；至換頭云「謝家池上，江淹浦畔，吟魄與離魂」，使用故事，便不如前半精彩。然歐詞前既實寫，故至此不能不拓開，若通體如此，則成笑柄。南宋人詞，則不免通體皆是「謝家池上」矣。

22

國朝人詞，余最愛宋直方《蝶戀花》「新樣羅衣渾棄卻，猶尋舊日春衫著」，及譚復堂之「連理枝頭儂與汝，千花百草從渠許」，以為最得風人之旨。

23

近人詞如復堂之深婉，彊村之隱秀，當在吾家半塘翁上。彊村學夢窗，而情味較夢窗反勝，蓋有臨川、廬陵之高華，而濟以白石之疏越者。學人之詞，斯為極則。然於古人自然神妙處，尚未夢見。《半塘丁稿》和馮正中《鵲踏枝》十闋，乃《鶩翁詞》之最精者。「望遠愁多休縱目」等闋，鬱伊惝恍，令人不能為懷。《定稿》只存六闋，殊為未允。

附錄　略論王國維的美學和文學思想

王國維（一八七七—一九二七）是中國近現代之交的著名學者。他的主要成就是在史學方面。郭沫若同志稱他為「新史學的開山」，並說：「他的甲骨文字的研究，殷周金文的研究，漢晉竹簡和封泥等的研究，是劃時代的工作。西北地理和蒙古史料的研究也有些驚人的成績。」[1] 但是，他的史學研究是在一生的最後十五年進行的，前此，他主要研究哲學、美學和文學理論以及藝術史。他在美學上的成就雖然比不上史學上的成就，但是，他的《人間詞話》《宋元戲曲考》等是有影響的美學、文學理論和藝術史著作[2]，他的美學和文學思想雖然有不少唯心主義的雜質，卻也不乏真知灼見和獨到創新之處，應該給以正確的分析和評價。

一

王國維字靜安，號觀堂，浙江海寧人。他出生在一個中小地主家庭，幼年時所受的是傳統的封建教育。青年時代，他受到主張維新變法的資產階級改良主義思潮的影響。他不喜科舉時文，甚至在參加科舉考試時「不終場而歸」[3]。在讀到康、梁論疏後「棄帖括而不為」[4]。一八九八年（即戊戌變法那年）初，他來到上海，在梁啓超當主編的《時務報》館工作，任書記校讎之役，並為館主汪康年司筆札。同時，以業餘時間在羅振玉主辦的東文學社學習。戊戌變法失敗，《時務報》關閉後，王國維一方面在東文學社當職員，一方面繼續學習哲學、數學、物理、化學、英語，一直到庚子事變後學社解散，前後共兩年半。一九零一年，他在羅振玉資助下留學日本，為學習物理而首先學習數學，因病在東京僅四五個月即於當年夏季歸國。回國後曾任蘇州和南通師範學堂教習，講授心理學、倫理學、哲學、社會學。

一九零一年到一九零五年，王國維主要研究哲學和美學。

一九零六年，由於羅振玉的推薦，到北京任學部（教育部）總務司行走，後改充京師圖書館編譯、名詞館協修，一直到辛亥革命爆發，清王朝倒台。這一時期，王國維主要從事美學、文學理論和戲劇藝術史的研究工作，主要研究成果是一九零八年的《人間詞話》和若干關於戲劇藝術史的考證、研究著作。

辛亥革命後，王國維隨羅振玉東渡日本，成了所謂「勝朝遺老」。一九一二年寫成《宋元戲曲考》。一九一六年從日本回國，任《學術叢刊》編輯。一九二三年受清廢帝溥儀徵召，任南書房行走。一九二五年，任清華學校國學研究院研究導師（教授）。這一時期，王國維主要研究史學，在甲骨文字研究、殷周金文研究等方面做出了輝煌的貢獻，成為譽滿中外的學者。一九二七年，由於長期思想的苦悶和生活的慘淡，更由於羅振玉和他絕交的刺激，自沉於頤和園昆明湖。他的死並不是對清王朝的「殉節」[5]。

二

王國維幼年所受的教育，是封建地主階級的，但是，在青年時期，他卻主要學習西方資產階級的哲學社會科學和自然科學。這正是他的世界觀逐步確立的時期。西方資產階級哲學社會科學思想和近代自然科學的治學方法給予他的思想以深刻的影響。對於中國封建社會中的統治思想儒家學說，王國維僅僅作為一種學術思想來加以研究，並不盲目信從和崇拜。他認為孔孟之道不是宗教教義，說：「孔孟之說固非宗教的而學說也，與一切他學均以研究而益明。」[6]他還認為：「今日之時代已入研究自由之時代，而非教權專制之時代。」[7]他回顧中國思想發展史，讚揚春秋戰國時期諸子百家「燦然放萬丈之光焰」，認為自從漢武帝罷黜百家獨尊儒術，「儒家唯以抱殘守缺為事」，造成思想僵化停滯。[8]他鼓吹「人有生命，有財產，有名譽，有自由，此數者皆神聖不可侵犯之權利也」[9]。他認為：「我國人之特質，實際的也，通俗的也；西洋人之特質，思辨的也，科學的也，長於抽象而精於分類。」[10]因而主張大量輸入西方的哲學社會科學。他希望學術研究以探求真理為唯一目的，脫離政治而獨立發展，並且斷言：「異日發明光大我國之學術者，必在兼通世界學術之人，而不在一孔之陋儒。」[11]所以，從他的世界觀的整體看，王國維是一個資產階級思想家，而不是封建地主階級的思想家。「體素羸弱，性復憂鬱」的王國維，雖曾一度傾向於維新運動，但在戊戌變法失敗後，卻看不到前途，找不到出路。他對於正在蓬勃發展的孫中山領導的革命運動不理解，甚至罵孫中山、陳天華為「不逞之徒」[12]，政治上漸趨保守。但是，他的最高的生活理想不過是脫離政治，不問世事專門從事學術研究而已。可是，由於長期以來生活上對於羅振玉的依賴，他先不得不流亡日本做「遺老」，更想不到還成了食五品祿的文學侍從之臣。這在王國維恐怕也不是心甘情願的吧。他的思想充滿了深刻的矛盾。在資產階級的政治、倫理、社會思想和他的很可能並非自願採取的頑固保守的政治態度之間，在思想上的軟弱、保守、妥協性和學術研究上的勤於思索、實事求是、敢於創新之間，都存在着尖銳的對立。作為一個「遺老」，王國維是不足稱道的，儘管他的死是令人同情的。作為一個學術家，王國維卻給我們留下了一筆寶貴的遺產，不論在史學方面還是美學和文學理論方面，他都是代表了近代中國資產階級的最高成就的重要學者之一。龔自珍、魏源、康有為、梁啓超、章炳麟和王國維是中國近代最重要的思想家和學術家。

王國維的哲學思想經歷了一個從主觀唯心主義到自發地傾向唯物主義的過程。大體看來，王國維哲學思想的發展經歷了三個階段：一九零一至一九零五年，是王國維研究哲學和美學、信仰和宣傳叔本華哲學和美學的時期；一九零六至一九一二年，是逐步擺脫叔本華思想的束縛，獨立研究美學、文學理論和戲劇藝術史的時期；一九一三至一九二七年，是在史學研究中表現了鮮明的樸素唯物主義傾向的時期。

在第一階段，王國維系統地學習了西方哲學史，認真研讀康德、叔本華和洛克、休謨的著作。叔本華立刻征服了他。他完全拜倒在叔本華腳下，成為其忠實信徒[13]。他認為叔本華和尼采哲學都是「破壞舊文化而創造新文化」[14]的先進思想，而叔本華哲學更是「凌轢古今」[15]的偉大哲學體系。他歌頌叔本華：「公雖云亡，公書則存，願言千復，奉以終身。」[16]但是，勤於思索的王國維很快就發現了叔本華思想的內在矛盾，抓到了叔本華的不能自圓其說之處。很快，他就悟到叔本華的哲學思想「半出於其主觀的氣質而無關於客觀的知識」[17]，這就是說叔本華哲學是一種主觀臆造的東西，並不是客觀真理。是不是從此就和叔本華一刀兩斷了呢？沒有。理智上感到它不對，感情上卻與它戀戀不捨。真是剪不斷，理還亂。王國維這樣說明他的思想矛盾：

哲學上之說，大都可愛者不可信，可信者不可愛。余知真理，而余又愛其謬誤。偉大之形而上學，高嚴之倫理學，與純粹之美學，此吾人所酷嗜也。然求其可信者，則寧在知識上之實證論，倫理學上之快樂論，與美學上之經驗論。知其可信而不能愛，覺其可愛而不能信，此近二三年中最大之煩悶。[18]

王國維於是放棄哲學研究，力圖迴避這種矛盾。

在第二階段，王國維雖然不能完全擺脱叔本華哲學的影響，但是，他在進行詩詞創作的同時，大量涉獵了以詩話、詞話為主的中國古典美學和文學理論著作，接受了中國古典美學和文學理論的優良傳統。這更有助於他擺脱叔本華哲學的束縛。

他力圖把西方美學和文學思想與中國古代美學和文學思想結合起來，熔於一爐，從而提出自己的見解，開闢嶄新的領域，表現出實事求是的治學作風和嚴謹縝密的治學態度。

在第三階段，王國維全力進行史學研究。他繼承和發揚了清代乾嘉學派的優良學風並且和近代科學方法結合起來。他的實事求是的治學作風和嚴謹縝密的治學態度進一步發展和成熟了，因而在史學研究中取得了重要成果。正如郭沫若同志所說的：「他是很有科學頭腦的人，做學問是實事求是，絲毫不為成見所囿，並且異常膽大，能發前人所未能發，言腐儒所不敢言。」[19]

三

和哲學思想的發展相適應，王國維的美學思想分作一九零一至一九零五年、一九零六至一九一二年和一九一三至一九二七年三個發展階段。

恩格斯指出：叔本華哲學是「適合於庸人的淺薄思想」[20]。它的主要特點是主觀唯心主義、唯意志論和神秘主義以及悲觀主義。根據叔本華的看法，世界是我的表象，意志是萬物的基礎，因而生活的本質就是生活之欲。生活之欲是不能滿足的，就算是暫時得到滿足也必然感到厭倦和空虛，因而人生是永遠痛苦的。人類的徹底解脱則是滅絕生活之欲而達到涅槃之境。美或藝術的位置恰恰在這永恆的痛苦與徹底的解脫之間。因而美或藝術的本質是無利害的觀照和暫時的解脫。[21] 王國維這樣介紹叔本華的這一基本美學觀點，他說：

夫吾人之本質既為意志矣，而意志之所以為意志，有一大特質焉，曰：生活之欲。……然則，此利害之念，竟無時或息歟？吾人於此桎梏之世界中，竟不獲一時救濟歟？曰：有唯美之為物，不與吾人之利害相關係，而吾人觀美時，亦不知有一己之利害。何則？美之對象，非特別之物，而此物之種類之形式，又觀之之我，非特別之我，而純粹無欲之我也。[22]

叔本華從這點出發，根據達到無利害觀照和暫時解脫的不同途徑來解釋優美和壯美（宏壯，現在一般譯為崇高）這兩個重要美學範疇。王國維介紹了叔本華關於優美和壯美的觀點，他說：

美之為物有二種：一曰優美，一曰壯美。苟一物焉，與吾人無利害之關係，而吾人之觀之也，不觀其關係，而但觀其物；或吾人之心中無絲毫生活之欲存，而其觀物也，不視為與我有關係之物而但視為外物，則今之所觀者非昔之所觀者也。此時吾心寧靜之狀態，名之曰優美之情，而謂此物曰優美。若此物大不利於吾人，而吾人生活之意志為之破裂，因之意志遁去，而知力得為獨立之作用，以深觀其物，吾人謂此物曰壯美，而謂其感情曰壯美之情。……而其快樂存於使人忘物我之關係，則固與優美無以異也。[23]

這裏雖然把優美之物與優美之情、壯美之物與壯美之情區別開來，但是，這種區別是毫無意義的。在叔本華哲學裏，世界是我的表象，一切事物都不過是意志這種盲目的不可遏制的衝動的客觀化和派生物。因而，優美之物和壯美之物決不是客觀存在的，只要我們有了優美之情或壯美之情，就自然會有優美之物和壯美之物。

王國維説：「苟吾人而能忘物與我之關係而觀物，則夫自然界之山明水媚、鳥飛花落，固無往而非華胥之國、極樂之土也。」[24]這句話言簡意明，很能抓住叔本華美學主觀唯心主義的要害和本質。

叔本華極力宣揚天才論，認為只有天才才能進行審美靜觀，庸眾是不可能真正欣賞美的。王國維介紹了叔本華的這種觀點，他說：

> 夫自然界之物，無不與吾人有利害之關係，縱非直接，亦必間接相關係者也。……然此物既與吾人有利害之關係，而吾人欲強離其關係而觀之，自非天才，豈易及此？於是天才者出，以其所觀於自然人生中者復現之於美術中，而使中智以下之人，亦因其物之與己無關係，而超然於利害之外。[25]

叔本華從上述基本美學觀點出發，必然否認藝術與政治的關係。鼓吹藝術的無功利性，否認藝術改造社會的積極的社會作用。王國維的藝術觀點正是從叔本華來的。他認為美術（即藝術）和哲學一樣是「最神聖、最尊貴而無與於當世之用」[26]的，反對把藝術當成「道德政治之手段」[27]，如果把藝術當成了鼓吹革命改造社會的工具，那就是犯了「褻瀆哲學與文學之神聖之罪」[28]，他甚至認為「生百政治家，不如生一大文學家」[29]，那就不但認為藝術脫離政治，而且認為藝術高於政治了。因此，藝術的社會作用就被說成是脫離現實，逃避鬥爭，從而獲得精神上的安慰和暫時的麻醉。王國維說：「美術之務在描寫人生之苦痛與其解脫之道，而使吾儕馮生之徒於此桎梏之世界中，離此生活之欲之爭鬥，而得其暫時之平和，此一切美術之目的也。」[30] 藝術可以治療人生「空虛之苦痛」[31]，簡直可以和鴉片、宗教相提並論了。

這就是王國維所介紹的叔本華美學思想，當時，也就是王國維的美學思想。王國維用這種觀點為指導研究《紅樓夢》，寫下了《紅樓夢評論》，其結果只能是根本抹煞《紅樓夢》對封建社會制度和封建意識形態的批判精神，歪曲其思想意義，把它當成叔本華思想的圖解和註腳。他認為《紅樓夢》說明了「人生之欲之先人生而存在，而人生不過此欲之發現」，表現了「自犯罪，自加罰，自懺悔，自解脫」的過程，甚至牽強附會地說賈寶玉的通靈寶玉不過是「生活之欲之代表」。但是，另一方面，王國維一再肯定《紅樓夢》是「宇宙之大著述」，並且根據亞里士多德的悲劇理論，肯定《紅樓夢》是能喚起「恐懼」和「悲憫」之情，「感發」人的情緒，

「洗滌」人的精神的最高級的悲劇。他還批評了舊紅學派主觀主義的索隱和臆斷，並進而提出「美述之特質，貴具體而不貴抽象」，「就個人之事實，而發見人類全體之性質」，表現出對文學藝術特點的正確理解，並對《紅樓夢》研究起着某種積極的推動作用。當然，他認為《紅樓夢》「為作者自道其生平者」，也開以胡適為代表的新紅學派之先聲。[32]

四

王國維在其美學和文學思想發展的第二階段中，逐漸突破了叔本華美學的限制，繼承了中國古典美學和文學理論的優良傳統，研究中國古典詩詞和戲劇，在理論上表現出一定的創新精神。王國維自己的美學和文學思想是在這時形成的。在《人間詞話》《宋元戲曲考》等著作中提出了境界說、詩人修養論和文學發展觀，對中國美學和文學思想的發展做出了一定的貢獻。當然，王國維和叔本華美學的決裂並不徹底，在不少方面，我們仍能清楚地看到叔本華美學的痕跡。

境界（或意境）說是王國維美學思想的核心。境界說雖然主要用來評價中國詞的發展史上的重要作家和作品，但是，它涉及到美學和文學理論上的很多基本問題，表達了王國維的基本的美學和文學觀點。王國維說：「原夫文學之所以有意境者，以其能觀也。」[33] 這個「觀」並非孔子所說的「興觀群怨」的「觀」，而是叔本華所說的「卓越的靜觀能力」即審美靜觀或審美觀照。王國維還細緻地說明了藝術境界的產生過程，他說：

> 山谷云：「天下清景，不擇賢愚而與之，然吾特疑端為我輩設。」誠哉是言！抑豈獨清景而已，一切境界，無不為詩人設。世無詩人，即無此種境界。夫境界之呈於吾心而見於外物者，皆須臾之物。惟詩人能以此須臾之物，鐫諸不朽之文字，使讀者自得之。遂覺詩人之言，字字為我心中所欲言，而又非我之所能自言。此大詩人之秘妙也。[34]

這就是說，因為詩人能忘物我之關係進行審美靜觀，對象才變成審美對象。藝術境界是「心」與「物」相契合、相融洽的產物。心境與物境的互相觸發、互相滲透，電光石火似地展現出一片空靈活脱、深邃幽遠的新天地，「物我無間，而道藝為一，與天冥合而不知其所以然」[35]——這就是藝術境界產生的過程。只有詩人獨具慧眼，具有遠比常人敏銳的藝術感覺，善於捕捉這種似乎是稍縱即逝的「須臾之物」，並運用高度熟練的藝術技巧，通過「不朽之文字」——富有表現力的文學語言把它刻劃出來。當心物契合之際，詩思也會湧上常人的心頭。他能感受到，然而表現不出來。所以說「一切境界，無不為詩人設。世無詩人，即無此種境界」。詩人創造的藝術境界在常人的心中引起共鳴，激起感情的波濤，「遂覺詩人之言，字字為我心中所欲言，而又非我之所能自言」。

王國維強調了詩人的情感、意趣、藝術創造力在藝術創作過程中的決定作用，說明了藝術境界是主觀和客觀相統一的產物，指出了藝術境界所具有的強烈的藝術感染力。然而，他卻誇大了這一點，把藝術境界的創造說成僅僅是詩人美感移情或外射（從「呈於吾心」到「見於外物」）的結果，似乎藝術境界並不是自然人生的詩人頭腦中反映的產物，最終陷於唯心主義的泥坑。這是因為他還沒有完全擺脫叔本華美學的限制。我們把王國維說的「一切境界無不為詩人設。世無詩人即無此種境界」和叔本華說的「世界是我的表象。……只是和主體有關的客體……通過主體而受到限制，並且只是為主體而存在」[36]相比較，把王國維說的「夫境界之呈於吾心而見於外物者，皆須臾之物，惟詩人能以此須臾之物，鐫諸不朽之文字」和叔本華說的詩人「能把在心中飄忽的形象固定為經久的思想」相比較，就可以明顯地看出叔本華美學的痕跡。

王國維還進一步研究了境界是怎樣構成的。他說：

> 有造境，有寫境，此理想與寫實二派之所由分。然二者頗難分別。因大詩人所造之境，必合乎自然，所寫之境，必鄰於理想故也。
>
> 自然中之物，互相關係，互相限制，故不能有完全之美。然其寫之於文學中也，必遺其關係限制之處，故雖寫實家亦理想家也。又雖如何虛構之境，其材料必求之於自然，而其構造亦必從自然之法則，故雖理想家亦寫實家也。[37]

「造境」即虛構之境，「寫境」即寫實之境。王國維認為造境並非杜撰臆造、隨意捏合，而是「必合乎自然」，「其材料必求之於自然，而其構造亦必從自然之法則」，仍然深深地植根於自然人生之中；寫境也並非機械模寫、依樣葫蘆，仍然

「鄰於理想」，「遺其關係限制之處」，也就是滲透着詩人的理想和願望，有所選擇和提煉。在藝術創作中，理想和現實互相滲透、融為一體，所以說「二者頗難區別」，「寫實家亦理想家」，「理想家亦寫實家」。王國維明確認識到藝術境界既要描寫自然又要表現理想，是現實與理想的統一。在一般意義上說，這種理解是正確的，而且是比較深刻的。但是，如果我們進一步思考，就可以發現，王國維的看法仍然有不確切的地方。這表現在：他認為「自然中之物，互相關係，互相限制，故不能有完全之美。然其寫之於文學中也，必遺其關係限制之處」。說自然中沒有「完全之美」，實際上是否認藝術美來源於自然人生。再者，文學反映自然人生時要「遺其關係限制之處」，這種說法是極為含混不清的。它既可以理解為不能機械地模寫和照搬（如上所述），也可以理解為擺脫自然人生的複雜的關係。「遺」有擺脫、離開、捨棄的意思。（《說文》：「遺，亡也」。）唯物主義美學和現實主義藝術主張正確地反映自然人生，必然要求再現充滿矛盾和鬥爭的錯綜複雜的社會關係，只有像叔本華這樣的唯心主義和形式主義美學家才認為審美觀照是離開事物關係的、超功利的、僅僅欣賞外在的形式。叔本華認為：說「藝術摹仿自然而創造了美的東西」是「固執而愚蠢的成見」。他說：「大自然何曾產生過白璧無瑕的美人呢？……美的知識絕不可能純粹是後天的。它總是先天的，至少有一部份是先天的。……只有依賴這種預料，我們才能認識美。……這種預料就是理想。」藝術家「獨具慧眼，獨能離開事物關係而認識事物的內在性質」。審美觀照「並不追尋這物象對其他外物的關係」。王國維所說的自然中「不能有完全之美」「遺其關係限制之處」正出於此。這樣，理想就被理解成詩人所具有的先驗的美的理念，而不是在社會生活和現實鬥爭中產生出來的。同時，虛構必須「從自然之法則」也絕不是符合社會發展的客觀規律。王國維承認社會和自然有一定的法則或規律，但是，他認為「此原則所以為世界最普遍之法則者，則以其為吾人之知力之最普遍之形式故」。「宇宙不能賦吾心以法則，而吾心實與宇宙以法則」[38]。所以，王國維所說的理想與現實的統一仍然建立在主觀唯心主義的基礎上。[39]

王國維還把境界分為有我之境和無我之境兩種，他說：

> 有我之境，物皆著我之色彩。無我之境，不知何者為我，何者為物。此即主觀詩與客觀詩之所由分也。[40]

王國維認為，中國古典詩詞的藝術境界有兩種類型：一種是「有我之境」，像「淚眼問花花不語，亂紅飛過鞦韆去」，「可堪孤館閉春寒，杜鵑聲裏斜陽暮」；另一種是「無我之境」，像「採菊東籬下，悠然見南山」，「寒波澹澹起，白鳥悠悠下」。前一種他稱之為「主觀詩」，後一種他稱之為「客觀詩」。這兩種境界各有甚麼特點呢？他參照叔本華關於抒情詩中「詩人僅僅鮮明地意識到他自己的心理狀態並且描寫它」，「主觀的心情，意志的影響，把它的色彩染上所見的環境」的看法，把「有我之境」的特點概括為「物皆著我之色彩」。（通行本為「以我觀物，故物皆著我之色彩」。）這就是說：詩人帶着強烈的主觀感情觀察外物，並把這種感情外射到外物上去就產生了有我之境。簡言之，抒發詩人強烈感情的是有我之境，它是宏壯（崇高）的。王國維又參照叔本華關於抒情詩也可以表現詩人「心如明境，無動於衷」的心境，這時「能夠喚起一種幻覺，彷佛只有物而沒有我存在……物與我就完全融為一體」的看法，把「無我之境」的特點概括為「不知何者為我，何者為物」。（通行本為「以物觀物，故不知何者為我，何者為物」。）這就是說：詩人以冷靜理智的態度觀察外物，外物以其本來的生機勃勃的面目呈現於詩人眼底，詩人為外物所吸引以致達到忘我境地，似乎物與我融為一體就產生了無我之境。簡言之，表現詩人以冷靜的理智觀察自然人生的是無我之境，它是優美的。當然，真正「無我」是不可能的，只是詩人的感情平靜淡泊，沒有強烈的衝動而已。王國維還曾用「意餘於境」和「境多於意」來概括這兩種境界，並且認為「二者常互相錯綜，能有所偏重，而不能有所偏廢」[41]。這種説法比「有我」「無我」更加準確。可以看出，王國維把藝術創作中的強烈的感情和冷靜的理智二者既加以區別又聯繫起來，在一定程度上認識到藝術創作是情感和理智的統一。

王國維在這裏吸收了不少叔本華的看法來構成自己的理論，因而不能不帶有唯心主義的痕跡。但我們又不能把叔本華的觀點和王國維的理論完全等同起來。「有我之境」和「無我之境」是從中國古代詩詞抒情方式的不同加以區分的，基本上是符合中國古典詩詞實際的。王國維在提出「有我之境」和「無我之境」的理論時，只是採取了叔本華美學的某些觀點作為構成自己理論的材料，不再是全盤照搬叔本華的理論。前面所談到的境界產生論和關於「造境」和「寫境」的理論也是如此。

綜上所述，藝術境界是在內心和外物相契合的基礎上，詩人以敏鋭的藝術感覺捕捉到，並用富有表現力的文學語言描繪出來的具有強烈藝術感染力的自然人生（社會生活或自然景色）畫面。它是主觀和客觀的統一，理想和現實的統一，情感和理智的統一。但是，這種統一是在唯心主義基礎上的統一，因而是頭足倒置的。儘管如此，仍然表現出王國維對於藝術形象的特點和藝術創作規律的相當深刻的理解。

但是，另一方面，我們還應該看到：境界這一美學範疇不是從叔本華美學來的，而是中國古典美學和文學理論所特有的。王國維對於中國古典詩詞的研究和評論仍然是遵循着中國古典美學的傳統進行的。正因為如此，他才以自己的境界說在理論上超過了嚴羽的「興趣」說和王士禛的「神韻」說而自矜。

境界一語原出佛家典籍，後來移植到美學和文學理論中來。傳為唐人王昌齡的《詩格》已提出「物境」「情境」「意境」。明代王世貞和清代的金聖嘆、葉燮都運用過這一概念。到了近代，梁啓超、陳廷焯、況周頤等人運用得更加廣泛。中國古典詩歌源遠流長，而抒情詩的創作更是取得了輝煌的成就，就是像《孔雀東南飛》《長恨歌》那樣著名的敍事詩也都具有十分濃厚的抒情色彩。在抒情詩創作中，正確處理抒情和寫景的關係是十分重要的。因此，中國古典美學家和文學理論家十分注意情、景關係的研究，形成了有我國民族特色的美學思想。劉勰、梅堯臣、姜夔、范晞文、張炎、謝榛、王夫之、宋徵璧等人從不同的角度深入研究了寫景和抒情的關係，他們得出的共同結論是：詩歌應該是抒情和寫景的辯證統一，「景無情不發，情無景不生」[42]，「孤不自成，兩不相背」，「景乃詩之媒，情乃詩之胚」[43]，「情以景幽，單情則露；景以情妍，獨景則滯」[44]，抒情和寫景既互相依存、互相制約，又互相影響，互相滲透，才能構成具有藝術感染力的完美形象，簡言之，即情景交融。

王國維也曾研究過寫景和抒情的關係，他說：

文學之事，其內足以攄己，而外足以感人者，意與境二者而已。上焉者意與境渾，其次或以境勝，或以意勝。苟缺其一，不足以言文學。[45]

「意與境渾」和「情景交融」實質上是相同的。可見王國維和中國古典美學家在這個問題上得出了大體相同的結論。在評論中國古典詩詞時，王國維判定某首作品是否有境界就是以是否做到了情景交融作為起碼的標準。做到了的就是有境界，否則便是無境界。

王國維認為「『紅杏枝頭春意鬧』，著一『鬧』字，而境界全出」[46]，是因為這個「鬧」字既逼真地刻劃出紅杏怒放的蓬勃生機，又滿含着詩人喜迎春色的歡愉之情。之所以說「『雲破月來花弄影』，著一『弄』字，而境界全出」[47]，是因為「弄」字既細緻地刻劃出淡雲拂月，花枝搖曳的美好夜色，也隱隱透露出詩人對於春色將闌的惋惜之情。總之，兩句都是情景交融的佳句，所以有境界。

但是，王國維並沒有停留在這一點上，他進一步提出了關於「不隔」的理論。怎樣才叫作「不隔」呢？他說：「大家之作，其言情也必沁人心脾，其寫景也必豁人耳目。其辭脱口而出，無矯揉妝束之態。」[48]這就是「不隔」。

可見，「不隔」首先要做到「其言情也必沁人心脾，其寫景也必豁人耳目」，或者說「語語都在目前」[49]。王國維稱讚周邦彥的「葉上初陽乾宿雨，水面清圓，一一風荷舉」為「真能得荷之神理者」[50]。因為周詞以白描的手法描繪出雨後風荷的神態，維肖維妙。姜夔的《念奴嬌》《惜紅衣》雖然也是詠荷名作，但只有泛泛詠荷的句子，讀後不能形成荷花的明晰的形象，所以王國維批評説：「猶有隔霧看花之恨。」[51]蘇軾的《水龍吟》以細膩的筆觸，既描繪了楊花的形象，又抒發了思婦的悲苦情懷；史達祖的《雙雙燕》描繪春燕極妍盡態，形神俱似，所以王國維認為「不隔」。而姜夔的《暗香》《疏影》雖然歷來被推為詠梅絕唱，但因為堆砌典故，沒有具體描繪出梅花高潔的風姿，所以王國維批評說「境界極淺，情味索然」[52]「無片語道着」[53]。王國維反對堆砌典故和用替代字，因為這很容易使作品晦澀難懂，使藝術形象朦朧迷離。可見，所謂「不隔」，就是要求做到藝術形象的鮮明、具體、逼真、傳神。這和中國古典美學中關於以形寫神、形神兼備的思想有着顯而易見的聯繫。

所謂「不隔」還要求做到「其辭脫口而出，無矯揉妝束之態」。這是對文學語言的要求。王國維認為姜夔的「二十四橋仍在，波心蕩、冷月無聲」「數峰清苦，商略黃昏雨」「高樹晚蟬，說西風消息」是「隔」。除了這些詩句缺乏形象的鮮明具體性之外，還因為文學語言不那麼流暢自然，帶有人工雕琢的痕跡。王國維說「陶謝之詩不隔，延年則稍隔矣。東坡之詩不隔，山谷則稍隔矣」[54]。在文學史上，謝靈運的作品被稱之為「初發芙蓉，自然可愛」，顏延年的作品被稱之為「鋪錦列繡，雕繢滿眼」[55]。蘇軾的作品如行雲流水、萬斛泉源，黃庭堅的作品則追求冷僻生硬，無一字無來歷。可見，王國維要求文學語言做到渾然天成，不假雕飾，做到「極煉如不煉，出色而本色，人籟悉歸天籟」[56]。他直接繼承了中國古典美學關於主張自然本色反對雕章琢句的思想。但是，這決不意味着簡陋淺薄。王國維稱讚「淡語皆有味，淺語皆有致」[57]，要求思致深遠、含蓄蘊藉、一唱三嘆、餘味無窮。反對「無言外之味，弦外之響」[58]。

總之，所謂有境界就是要做到情景交融，做到所描繪的社會生活或自然景色畫面鮮明、具體、逼真、傳神，文學語言自然本色、不假雕飾。這實際上是中國古典詩詞豐富創作經驗的總結和概括，對於我們今天的藝術創作仍然有一定的參考價值。

五

叔本華美學具有強烈的天才論的色彩。他把天才和庸眾對立起來，而天才就是藝術家。藝術家具有進行審美靜觀的先天秉賦，具有先驗的美的理想，能創造出大自然企圖創造但未能創造出來的完整的美。叔本華還認為天才就是赤子、大孩子，更認為天才即瘋狂。他說：「天才與瘋狂有接壤的地方，甚至彼此混合。」因此，在叔本華那裏當然根本談不到詩人修養問題。王國維在這個問題上雖然也受到叔本華的某些影響，也曾說過「詞人者，不失其赤子之心者也」[59]，「主觀之詩人，不必多閱世」[60]，但是，從總體上看，王國維重視詩人修養問題，提出了不少可貴的看法。這顯然已經遠遠離開了叔本華美學。

王國維認為偉大的詩人必須有高尚的人格，人格卑下者不可能創作出偉大的文學作品，他說：

> 三代以下之詩人，無過於屈子、淵明、子美、子瞻者。此四子者，若無文學之天才，其人格亦自足千古。故無高尚偉大之人格，而有高尚偉大之文學者，殆未之有也。[61]

他認為文學之事既要有「內美」，又要有「修能」。「內美」即詩人的精神品質的美在作品中的體現，「修能」指文字技巧之類。他強調「內美」的重要性，認為應該「尤重內美」[62]。基於此，他肯定蘇軾和辛棄疾的「雅量高致」，批評周邦彥「周旨蕩」，批評姜夔「雖似蟬蛻塵埃，然終不免局促轅下」，並把南宋中期以後的史達祖、吳文英、張炎、周密、陳允平等一概斥之為「鄉愿」。這就是說，周邦彥等人，因為人品不高，所以作品缺乏深刻的思想意義，因而不能與蘇、辛同日而語。

與強調詩人應該有高尚的人格相聯繫，王國維要求文學具有真實性，要求詩人寫「真景物，真感情」[63]，「感自己之感，言自己之言」[64]，反對「餔餟的文學」「文繡的文學」「模仿的文學」[65]，反對「游」，即「哀樂不衷其性，慮嘆無與乎情」[66]。總之，王國維要求文學真實地描寫自然人生，抒發作者的真情實感，反對粉飾現實、無病呻吟，認為這種文學是毫無價值的。這在中國封建階級文學日益走向腐朽反動，瞞和騙的文學作品氾濫的時候，有着鮮明的針對性和歷史進步意義。

那麼，詩人應該怎樣進行修養呢？王國維說：

> 詩人對自然人生，須入乎其內，又須出乎其外。入乎其內，故能寫之。出乎其外，故能觀之。入乎其內，故有生氣。出乎其外，故有高致。[67]

這就是說，詩人要深入生活之內，才能獲得豐富的創作材料，作品才有生氣；詩人又要從一定的高度觀察生活，縱觀生活的整體，作品才能有深刻的內容，才能有獨到之處。王國維在一定程度上領悟到藝術與生活的辯證關係。而要做到有「高致」，王國維還特別強調必須堅韌不拔，百折不撓，要長期的、艱苦的探求生活的真理。他用形象化的比喻描繪了進行藝術創造或學術研究的歷程：

古今之成大事業、大學問者，罔不經過三種之境界：「昨夜西風凋碧樹。獨上高樓，望盡天涯路。」此第一境界也。「衣帶漸寬終不悔，為伊消得人憔悴。」此第二境界也。「衆裏尋他千百度，回頭驀見，那人正在，燈火闌珊處。」此第三境界也。[68]

一個詩人或學問家，首先要高瞻遠矚，認清前人所走過的道路，也就是說，總結和理清前人的經驗是藝術創作或學術研究的起點。第二步，要覃思苦慮，孜孜以求，猶如熱戀中的情人熱切地、不惜一切地追求着所思。只有這樣，才能一朝頓悟，發前人未發之秘，闢前人未闢之境，在藝術上或學術上做出獨創性的貢獻，猶如在燈如海、人如潮的燈節之夜，千追百尋終於找到了朝思暮想的心上人一樣。王國維的三境界說蘊含着深邃的哲理。

中國古代美學家一貫注重詩人的修養。孔子曾說過：「有德者必有言，有言者不必有德。」[69]劉勰也談到過要「積學以儲寶，酌理以富才，研閱以窮照，馴致以懌辭」[70]。葉燮十分強調胸襟和見識對於文學創作的重要性，認為「有是胸襟以為基，而後可以為詩文。」[71]而王國維的詩人修養論則是相當深刻的、獨到的，頗有發人深省之處。

六

王國維對中國古典詩詞和戲劇發展史進行了細緻的研究，提出了進化論的文學發展觀。首先，他認為每種藝術形式或體裁都有自己的發生、發展、成熟、衰亡的歷史。他研究了詞的發展史，認為「詞源於唐而大成於北宋」[72]，北宋是詞史上成就最高的時期，而蘇軾、辛棄疾是最傑出的詞人，從南宋開始詞的創作逐漸走下坡路，到明清時期更是走上了絕路。他細緻地考證和研究了中國戲曲史，理清了中國戲曲從上古巫覡以歌舞事神而萌芽一直到元雜劇放出燦爛異彩的歷史發展過程，用近代科學方法寫下了我國第一部戲曲史專著《宋元戲曲考》。

那麼，為甚麼一種體裁總是始盛終衰為另一種體裁所代替呢？王國維認為：

蓋文體通行既久，染指遂多，自成陳套，豪傑之士亦難於中自出新意，故往往遁而作他體，以發表其思想感情。一切文體所以始盛終衰者，皆由於此。[73]

因襲模仿必然使創作走上絕路，導致某種文學形式的衰亡，同時新的文學形式又產生和發展起來。所以，就一種文學形式而言，在它達到成熟之後往往就要走下坡路，因而可以說是後不如前。但從整個文學發展史看，總是不斷地出現新形式，取得新成果，因而總是不斷發展、不斷前進的。今人必然超過古人，不能說今不如古。王國維說：「故謂文學今不如古，余不敢信。」[74]而某些文學形式之所以能取得輝煌的成就是因為它既勇於繼承，又敢於創新。所以說「最工之文學，非徒善創，亦且善因」[75]。

王國維還認為，每個時代都有代表了這個時代最高成就的藝術形式，他說：

凡一代有一代之文學。楚之騷、漢之賦、六朝之駢語、唐之詩、宋之詞、元之曲，皆所謂一代之文學，而後世莫能繼焉者也。[76]

明昌一編，盡金源之文獻；吳興百種，抗皇元之風雅，百年之風會成焉，三代之人文繫焉。[77]

這種「一代之文學」，光照千古，後世不可企及。王國維把為封建統治者所「鄙棄不復道」的元曲，提高到和楚騷、漢賦、唐詩、宋詞並駕齊驅的地位，給予高度的評價，這完全符合中國文學史的實際，但在當時卻是石破天驚之論。

在王國維看來，元曲的價值首先在於「能寫當時政治及社會之情狀，足以供史家論世之資者不少」[78]。而除了這種「考古者徵其事，論世者觀其心」[79]的歷史文獻價值之外，還可供「遊藝者玩其辭，知音者辨其律」[80]。此外，「曲中多用俗語，故宋金元三朝遺語，所存甚多」[81]，可為語言學研究提供資料。這就充份地估價了元曲在史學、文學、音樂、語言學等方面的價值。這種分析估價，說明王國維已經承認藝術是社會生活的反映，社會生活是藝術的源泉，具有顯明的唯物主義傾向。

《宋元戲曲考》是王國維的最後一部戲劇藝術史著作，也是作為美學家和文學思想家的王國維的終結。他終於比較徹底地拋棄了唯心主義，走回到唯物主義的行列中來。這也是《宋元戲曲考》在學術上能取得傑出成就的最根本的原因。當然，由於時代和階級的局限，王國維還只能達到進化論的文學發展觀這個階段，還不可能從社會經濟政治狀態以及階級鬥爭的發展來說明文學的演進，當然也不能正確估價戲曲的思想性以及人民性。這是應該指出但不應苛求的。王國維畢竟在戲曲史研究中達到了他所處的時代可能取得的最高成就。從總體看，他的文學發展觀超過了李贄等人，並為他同時代的美學家和文學思想家所不及。

七

王國維從一九一二年完成《宋元戲曲考》之後到一九二七年去世，全力進行甲骨文、殷周金文、漢晉竹簡、敦煌遺書、西北地理、蒙古史料等方面的研究工作。在十五年的時間內，寫出了一系列重要的、有影響的學術著作。他目光敏鋭而又勤於思索，妙悟天開而又精湛綿密，敢於立異而又實事求是。他幾乎在所研究的每一個領域內都作出了獨到的貢獻。

作為史學家的王國維在這一階段沒有留下一部美學和文學理論專著，但從他的大量論著中仍然不時透露出對文學的看法，有些論著還具有濃厚的文學氣息，從中我們可以看出，叔本華美學和文學思想的影響，洗滌殆盡；素樸唯物論的色彩，日益鮮明。所以，儘管這些關於文學的論述是片斷的、不系統的，但卻是值得注意和珍視的。

王國維認為，學術文化的發展受時代條件和社會狀況的制約和影響。並且隨着社會的發展變化而發展變化。在論及清代學術思想時，他説：「我朝三百年間學術三變：國初一變也，乾嘉一變也，道咸以降一變也。」「國初之學大，乾嘉之學精，道咸以降之學新。」三個時期的學術思想之所以有不同特點，「時勢使之然也」。他敏鋭地預感到，「今者時勢又劇變矣，學術之必變蓋不待言」。他這話是一九一九年説的，正是中國歷史進入一個嶄新的時代，學術文化已經開始發生翻天覆地變化的時候。但是，由於政治思想的保守，他不能隨着時代的步伐前進，錯綜複雜的社會關係猶如蜘蛛網一樣緊緊束縛着他。因此，對於社會的發展變化他只能採取一種無可奈何的冷眼旁觀、若即若離的態度，所謂「緬想古昔，達觀時變，有先知之哲，有不可解之情，知天而不任天，遺世而不忘世」，實在是夫子自道。[82]

既然社會的發展變化制約和決定着學術文化的發展變化，那麼，要求得對於文學作品的正確理解就應該採取在「知人論世」的基礎上「以意逆志」的方法。王國維說：

> 善哉，孟子之言詩也，曰：「說詩者不以文害辭，不以辭害志；以意逆志，是為得之。」顧意逆在我，志在古人，果何修而能使我之所意，不失古人之志乎？此其術，孟子亦言之，曰：「誦其詩，讀其書，不知其人可乎？是以論其世也。」是故由其世以知其人，由其人以逆其志，則古詩雖有不能解者寡矣。[83]

「以意逆志」和「知人論世」這兩個互相獨立的論題是孟子提出來的。孟子認為：如果僅僅抓住個別辭句或者僅僅停留在辭句的字面意義上，就會妨害對作品思想意義的正確理解。只有着眼於作品的整體和全局去探求作品的意旨和作者的用心，才能正確地理解作品。孟子還認為：要正確地理解作品，不了解作者的生平和思想是不可能的，這就要求進一步了解作者所處的社會環境和時代特點。這些看法對於文學欣賞和文學研究具有指導作用。但是，後世的儒者卻對孟子所提出的論題作了主觀主義的理解和闡釋。趙岐《孟子註疏》說，「以意逆志」就是「以己之意逆詩人之志」。朱熹《孟子集注》說，「當以己意迎取作者之志，乃可得之。」這樣，在研究、解釋文學作品時，往往失之主觀武斷、牽強附會。王國維把「知人論世」和「以意逆志」有機地結合起來。他認為，要保證「以意逆志」不陷於主觀武斷，就必須以「知人論世」為前提。這樣，就能「由其世以知其人，由其人以逆其志」，即結合作者所處的社會環境和時代狀況，正確理解作者的生平經歷和思想品格，進而把握作品的思想意義和作者的用心所在。這種看法，表現出鮮明的素樸唯物論的傾向。這和王國維在史學研究中所運用的方法是完全一致的。王國維說：「自科學上觀之，則事物必盡其真，而道理必求其是。」[84]「吾儕當以事實決事實，而不當以後世之理論決事實。」[85]「由其世以知其人，由其人以逆其志」，正是在研究、解釋文學作品時求「真」、求「是」。這就是從事實出發，而不是剪裁事實使之符合某種假設或理論框框。

關於文學的特徵及其社會作用，王國維這時也有了進一步的認識。他認為：科學、史學和文學之間並沒有絕對的界限，三者是互相聯繫、密不可分的。他說：

凡記述事物而求其原因、定其理法者，謂之科學。求事物變遷之跡而明其原因者，謂之史學。至出入二者間而兼有玩物適情之效者，謂之文學。……故三者非斠然有疆界。……凡事物必盡其真而道理必求其是，此科學之所有事也。而欲求知識之真與道理之是者，不可不知事物道理之所以存在之由與其變遷之故，此史學之所有事也。若夫知識道理之不能表以議論而但可表以情感者，與夫不能求諸實地而但可求諸想像者，此則文學之所有事。[86]

在王國維看來，科學、史學和文學都要探求「知識之真與道理之是」，因此本質上是相通的，但是，三者所運用的方式和手段又是不同的。科學運用抽象思維和議論的方式。史學則把研究自然或社會發展變化的過程及其因果關係作為探求「真」和「是」的手段。文學雖然要探求「真」與「是」，但它不運用抽象思維和議論，而是以深厚真摯的感情打動人，雖然也要反映社會的發展過程及其因果關係，但它不要求歷史事實的真實記錄，而是通過豐富的想像創造藝術境界：所以，文學能給人以審美愉悅（「玩物」），滿足人的精神需要（「適情」）。王國維通過文學與科學、史學的對比，用「情感」「想像」「玩物」「適情」來說明文學的特徵，這是比較準確的。別林斯基也曾通過文學與科學的對比來說明文學的特徵[87]，王國維的看法與他頗有相似之處。

關於文學的社會作用，王國維認為文學和科學、史學一樣「極其會歸，皆有裨於人類之生存福祉」。但是，這種有益社會、造福人類的作用，不應該簡單地、機械地、狹隘地理解。不能要求科學上的某種學說、史學上的某種見解和某一部文學作品能立竿見影地有益於社會或利用於社會生產中去。這種作用是「無用之用」，不是「有用之用」。但是，從整個歷史發展的進程看，王國維認為科學、史學和文學起着巨大的推動作用，「凡生民之先覺、政治教育之指導、利用厚生之淵源，胥由此生，非彼一國之名譽與光輝而已」。這種見解在當時是相當精闢的。[88]

王國維的這些看法，顯然已經完全擺脫了叔本華美學，而且走到了它的反面。正因為如此，他在一九一六年或一九一七年摘錄《人間詞話》的要點重新發表時，把帶有叔本華美學痕跡的各條刪除殆盡。這明顯地勾畫出王國維美學和文學思想發展的蹤跡。[89]從唯心主義到素樸唯物主義，這是王國維美學和文學思想的發展和進步。但是，就思想的豐富性和深刻性而言，這一階段遠遠比不上上一階段。這是因為他的主要精力已經不花費在美學和文學理論研究方面了。

王國維經歷了一個從信仰叔本華的主觀唯心主義美學到逐步突破叔本華的束縛形成獨立的美學和文學思想，從唯心主義到不自覺地傾向唯物主義的發展過程。《紅樓夢評論》《人間詞話》和《宋元戲曲考》是王國維美學和文學思想發展道路上的三塊里程碑。他和叔本華主觀唯心主義的距離越來越遠，和中國古典美學的優良傳統就越來越近。他終於不再是叔本華美學思想的傳聲筒，成了一位富有獨創性的美學家和文學思想家。他所介紹和宣傳的叔本華美學從總體上看當然不可能有甚麼積極意義，而王國維自己的美學和文學思想則有一定積極意義，到今天我們仍然應該批判地繼承和借鑑。

王國維是中國近代最後一位重要的美學和文學思想家。他第一個企圖把中國古典美學和文學理論與西方美學和文學理論融合起來，構成新的美學和文學理論體系。從某種意義上説，他既集中國古典美學和文學理論之大成，又開中國現代美學和文學理論之先聲。在中國美學和文學思想史上，他是從古代過渡到現代的橋樑，起着承上啓下，繼往開來的作用。政治思想的保守使他在美學和文學思想上缺乏革命和進取精神，誤信叔本華又使之增添了相當多唯心主義的雜質，而直覺的、鑑賞的論述方式更難免使人有不易把握、模糊影響之感。但是，這一切都不能掩蓋其美學和文學理論的成就。對於這一筆珍貴的理論遺產，我們不應該採取肯定一切或否定一切的態度。把王國維的美學和文學思想簡單地看成叔本華美學的翻版是不正確的，籠統地肯定王國維的美學和文學思想，無視叔本華美學對於王國維的深刻影響，說他是唯物主義的，現實主義的，甚至說他把現實主義和浪漫主義結合起來也是不妥當的。只有細緻的分析和研究他的美學和文學思想的發展過程，區分精華和糟粕，才能做出實事求是、恰如其份的估價。

滕咸惠

一九六四年初稿於北京，
一九七九年修改於濟南，
一九八三年第二次修改於濟南，並補寫第七部份。

【註】

〔1〕〔19〕《歷史人物．魯迅與王國維》。

〔2〕俞平伯《校點〈人間詞話〉序》認為：王國維論詞「標舉境界」，「持平入妙，銖兩悉稱，良無間然。頗思得暇引申其意，卻恐『佛頭著糞』，遂終不為」。郭沫若《魯迅與王國維》說：「王先生的《宋元戲曲史》和魯迅先生的《中國小說史略》，毫無疑問，是中國文藝史研究上的雙璧；不僅是拓荒的工作，前無古人，而且是權威的成就，一直領導着百萬的後學。」

〔3〕趙萬里《王靜安先生年譜》引陳守謙《祭文》。

〔4〕王國華《海寧王靜安先生遺書．序》。

〔5〕參見殷南《我所知道的王靜安先生》，柏生《記王靜安先生自沉事始末》（以上二文均見《國學月報》第二卷八、九、十合刊），郭沫若《魯迅與王國維》，溥儀《我的前半生》。

王國維自殺並非「殉節」的最有力的證據是他留下的遺書。全文是：

五十之年，只欠一死。經此事變，義無再辱。我死後，當草草棺殮，即行藁葬於清華園塋地。汝等不能南歸，亦可暫於城內居住。汝兄亦不必奔喪，因道路不通，渠又不曾出門故也。書籍可託陳、吳二先生處理。家人自有人料理，必不至不能南歸。我雖無財產分文遺汝等，然苟能謹慎勤儉，亦不至餓死也。

五月初二日，父字。

遺書無一字涉及已被推翻的清王朝和遜帝溥儀，全是對於家事的囑託。最後一句話，淒涼酸楚，意在言外。至於表現了王國維「耿耿孤忠」的給溥儀的「遺摺」，實際出於羅振玉之手，這已是公認的事實。

〔6〕〔7〕〔11〕〔12〕《靜庵文集續編．奏定經學科大學文學科大學章程書後》。

〔8〕〔28〕《靜庵文集．論近年之學術界》。

〔9〕〔29〕《靜庵文集．教育偶感四則》。

〔10〕《靜庵文集．論新學語之輸入》。

〔13〕王國維對西方哲學史並沒有進行精深的研究。他讀過一些哲學史著作。西方哲學原著他讀到的比較少，主要是康德和叔本華兩家。康德的《純粹理性批判》，他在一九零三年初讀時，「幾全不可解，更輟不讀」，繼而讀叔本華的《世界是意志和表象》，而「大好之」，認為「思精而筆銳」，於是一連讀了兩遍，隨後又讀叔本華的其他著作。他認為叔本華對康德的批判是正確的，並認為用這種觀點才能弄通康德哲學。實際上，

叔本華是從右的方面批判康德。王國維可能沒有讀黑格爾的哲學和美學原著。王國維之所以接受叔本華哲學有着深刻的社會根源，並與他的生活和思想有着密切關係。上世紀末本世紀初，德國哲學尤其是叔本華和尼采哲學思想在日本甚為流行。王國維是跟着日本人學習哲學史的，康德、叔本華的著作引起他的興趣是可以理解的。鴉片戰爭後，西方各種思想學說大量介紹到中國來，當時的知識分子並不能區別哪些是進步的，哪些是消極的和反動的。王國維也正是如此，他誤認為叔本華哲學是一種先進思想。再者，戊戌變法失敗之後，王國維思想上是苦悶的，他看不到前途和出路。叔本華哲學濃厚的悲觀主義精神正好投合了他當時的心境。這可能是他接受叔本華哲學的重要原因。

〔14〕《靜庵文集·叔本華與尼采》。

〔15〕〔22〕《靜庵文集·叔本華之哲學及其教育學說》。

〔16〕《教育叢書四集》。

〔17〕《靜庵文集·自序》。

〔18〕《靜庵文集續編·自序二》。

〔20〕《自然辯證法》，《馬克思恩格斯選集》第三卷，第四六七頁。

〔21〕這是對叔本華哲學思想的基本內容和主要傾向的簡要敍述。從德國哲學思想的發展看，叔本華哲學是對康德哲學的繼承和發展。他吸收了康德哲學的很多觀點並從右的方面加以批判和改造。同時，叔本華在理論上是缺乏獨創精神的，他在構成自己的哲學體系時大量吸收前代和同時代哲學家的思想觀點。我們從總體上批判和否定叔本華哲學和美學思想並不意味着對其分體和局部採取同樣態度。

〔23〕〔24〕〔25〕〔30〕《靜庵文集．紅樓夢評論》。

〔26〕〔27〕《靜庵文集．論哲學家與美術家之天職》。

〔31〕《靜庵文集續編．人間嗜好之研究》。

〔32〕本段引文均見《靜庵文集．紅樓夢評論》。

〔33〕見本書《人間詞話附錄》（一）第2條。

〔34〕見本書《人間詞話附錄》（一）第5條。

〔35〕《觀堂集林．此君軒記》。

〔36〕叔本華《世界是意志和表象》（根據繆靈珠先生未刊譯稿，以下凡引叔本華語均據此，不另註）。

〔37〕見本書《人間詞話》第32條、第37條。

〔38〕《靜庵文集．釋理》。

〔39〕王國維後來可能也覺察到這些不確切之處，所以，在《人間詞話》發表於《國粹學報》時，刪去了「故不能有完全之美」。（參見本書《人間詞話》第37條）又過了七八年，在選錄《人間詞話》時，更把有「故不能有完全之美」「遺其關係限制之處」這種提法的一條刪棄。（參見本書《人間詞話附錄》（二）。這裏的第3條即本書《人間詞話》第32條，第37條沒有選入。）

〔40〕見本書《人間詞話》第33條。

〔41〕〔45〕見本書《人間詞話附錄》（一）第2條。

〔42〕范晞文《對床夜語》。

〔43〕謝榛《四溟詩話》。

〔44〕宋徵璧語，沈雄《古今詞話》引。從註〔42〕到註〔44〕，參見本書《人間詞話》第31條註〔1〕。

〔46〕〔47〕見本書《人間詞話》第46條。

〔48〕見本書《人間詞話》第7條。

〔49〕見本書《人間詞話》第77條。

〔50〕〔51〕見本書《人間詞話》第20條。

〔52〕〔53〕見本書《人間詞話》第75條。
〔54〕引文據《蕙風詞話·人間詞話》（人民文學出版社本），參見本書《人間詞話》第77條。
〔55〕參見本書《人間詞話》第77條註〔10〕。
〔56〕劉熙載《藝概·詞曲概》。
〔57〕見本書《人間詞話》第40條。
〔58〕見本書《人間詞話》第22條。
〔59〕見本書《人間詞話》第106條。
〔60〕見本書《人間詞話》第107條。
〔61〕〔64〕〔65〕《靜庵文集續編·文學小言》。
〔62〕見本書《人間詞話》第119條。
〔63〕見本書《人間詞話》第35條。
〔66〕金應珪《詞選後序》。
〔67〕見本書《人間詞話》第117條。
〔68〕見本書《人間詞話》第2條。
〔69〕《論語·憲問》。

〔70〕《文心雕龍・神思》。

〔71〕《原詩》。

〔72〕〔75〕見本書《人間詞話》第109條。

〔73〕〔74〕見本書《人間詞話》第125條。

〔76〕《宋元戲曲考・序》。

〔77〕〔79〕〔80〕《曲錄自序》。按：「明昌一編」，指董解元《西廂記諸宮調》；「吳興百種」，指臧懋循《元人百種曲》（《元曲選》）。

〔78〕〔81〕《宋元戲曲考》。

〔82〕本段引文均見《觀堂集林・沈乙庵先生七十壽序》。

〔83〕《觀堂集林・玉溪生年譜會箋序》。

〔84〕〔86〕《觀堂別集・國學叢刊序》。

〔85〕《觀堂集林・再與林博士論洛誥書》。

〔87〕參見別林斯基《一八四七年俄國文學一瞥》。

〔88〕本段引文均見《觀堂集林・國學叢刊序》。

〔89〕參見本書下卷《人間詞話附錄（二）》。

修訂後記

本書初版於一九八一年，現修訂重版。這裏，想把幾個有關問題簡單交代一下。《人間詞話》原稿藏北京圖書館，一冊，三十二頁，是一個舊筆記本。封面書大字「奇文」「國華」「光緒壬寅歲」。小字為「人間詞話」「王靜安」。國華乃王國維弟，號哲安。看來，這個筆記本原來是他抄錄資料的，後來為乃兄所用。第一頁書七絕六首，有「王國維字靜安」朱紅印章，當是王氏作品。從第二頁開始為《人間詞話》原稿，共二十頁，每頁二十行。原稿後空白三頁，隨後是「靜安藏書目」九頁，有「王靜安」藍色印章。一九六三年，在趙萬里先生幫助下，我得以借讀原稿，並全文錄出。本書上卷正文就是據此整理而成。由於當時匆匆抄錄，雖曾複核亦難免有錯漏，這次訂正原稿正文時曾參考陳杏珍、劉烜同志的《〈人間詞話〉(重訂)》(見《河南師大學報》一九八二年第五期)，特此申明，並致謝意！

我所見到的《人間詞話》註本有：徐調孚校註本（《校注人間詞話》，中華書局一九五五年版）、徐調孚註、王幼安校訂本（《蕙風詞話．人間詞話》，人民文學出版社一九六零年版，以下簡稱通行本）、許文雨註本（收入《文論講疏》，正中書局民國三十六年十一月版）以及靳德峻箋證、蒲菁補箋本《人間詞話》，四川人民出版社一九八一年版）。這四種註本，尤其是前三種給我很大的幫助。這一部新註，是在吸收前人已有成果的基礎上，加以補充修訂而成。特在此鄭重申明。

我編寫這部新註主要是想把《人間詞話》原稿如實介紹給研究工作者和廣大讀者。王氏從125條原稿中，僅僅選取63條，並重新編排，潤色文字，交《國粹學報》發表。他力圖組成一個比較完整的理論體系。《國粹學報》本對研究王氏美學和文學思想的重要性是不言自明的。但原稿的內容遠比《國粹學報》本豐富，王氏的思路也比較容易看清。因此，它對研究王氏的美學和文學思想同樣有重要價值。

至於原稿與通行本文字表達孰優孰劣，是一個複雜的問題，很難一概而論。首先，如果我們把通行本《人間詞話》（即《國粹學報》所發表各條）與原稿有關各條相對校，就可以發現，絕大多數條文字完全一致或雖有差別但無關宏旨。再者，通行本有少數幾條文字經過加工潤色，比原稿表達更準確。但原稿的表述方式和已刪去的若干文句，仍然有助於準確理解王氏的思想。如，原稿第33條，有王氏已刪去的「此即主觀詩與客觀詩之所由分也」。據此，我們可以理解到，王氏所說的「有我之境」即「主觀詩」，「無我之境」即「客觀詩」。又如，原稿第37條，在「自然中之物，互相關係，互相限制」下，比通行本第5條多出「故不能有完全之美」。這就很容易看出叔本華美學思想的痕跡。如果沒有這幾個字，就不那麼明顯了。再如，原稿第77條「語語都在目前，便是不隔」，最初作「語語可以直觀」。「直觀」是西方美學常用的概念。這對我們正確理解王氏理論的淵源也有啓發。第三，個別地方，原稿不錯，通行本反倒錯了。如原稿第100條，「夢窗、玉田、草窗、西麓」，通行本第46條「西麓」作「中麓」。西麓為南宋詞人陳允平字，中麓為明人李開先字。王氏這條是論南宋詞人，當然不會忽然提到明代人，通行本顯然錯了。（王幼安校訂時已指出這點，但他用原稿另一條證明這裏的「中麓」應為「西麓」，沒有注意到原稿此條本來就作「西麓」。）又如，原稿第52條引馮延巳詞後說「少游一生似專學此種」，通行本第22條作「永叔一生似專學此種」。這條是論秦觀繼承了那種詞風，不應忽然又提到歐陽修。通行本很可能也是錯了。這些錯字，或是王氏從原稿整理轉錄時的筆誤，或是《國粹學報》誤植。第四，還有個別地方，修改後的文字不如原稿，如，原稿第117條「詩人對自然人生，須入乎其內，又須出乎其外」。

通行本第60條「自然人生」作「宇宙人生」。應該說，前者較後者更確切。至於《國粹學報》所發表各條以外的原稿各條，趙萬里、王幼安先生錄出時進行過刪節，個別地方文字上有改動，也有些筆誤或辨識不確之處。如原稿第85條「乃值如許費力」。通行本「刪稿」第30條，「費力」誤作「筆力」。又如，原稿第119條，「文學之事，於此二者不可缺一」，通行本「刪稿」第48條，「文學」誤作「文字」。類似這樣的地方，本書均按原稿錄出，概不改動。本書為保存原稿面目，即使校註者認為通行本文字優於原稿者，也不據以改動原稿，但在校記中註明通行本文字。

編寫這部新註也是想為研究《人間詞話》提供較為豐富的材料。過去的各種註本在輯錄王氏論及的詩詞原文方面，用力甚勤，尤其是通行本收羅比較完備。但在探索王氏理論的淵源及其影響方面則注意不夠。本書註文大量引用與王氏論點有關的中外美學和文學理論著作，就是為了彌補這一缺陷和不足。註文的任務僅僅是提供材料以及疏通文字，所以一般沒有校註者個人的看法和論斷。因為很多複雜問題很難在註文中說清楚。比如，王氏思想與叔本華美學的聯繫與區別就是如此。研究者從有關材料中可以自己做出判斷，不妨見仁見智。校註者個人的意見都寫在書前的論文中。當然那只是一得之見，僅供讀者參考而已。

本書附錄的第二部份《人間詞話選》，節錄自王氏的《二牖軒隨錄》（原發表於《盛京時報》）。我沒有見到原件。這裏是根據陳杏珍、劉烜同志的《〈人間詞話〉（重訂）》轉錄的。關於這份材料，劉烜同志在《王國維〈人間詞話〉的手稿》一文中，曾有如下說明：「王國維的手稿中，有一份自選的《人間詞話》共二十一則（應為二十三則——引者註）。這是一份剪報，用四號宋體鉛字排行。在這幾則《人間詞話》的開頭，王國維寫了如下的話：『余於七八年前，偶書詞話數十則。今檢舊稿，頗有可採者，摘錄如下。』據此看來，很可能是王國維從日本回國以後選輯的。這份剪報共二十三頁，題名《二牖軒隨錄》，其中選錄的《人間詞話》佔三頁。這是長篇的讀書札記，大部份談漢字、歷史、古代文學。」（見《讀書》，一九八零年第七期）如果我們把這裏選錄的各條與《國粹學報》所發表的《人間詞話》以及《人間詞話》原稿相對比，就可以看出，王氏是根據原稿摘錄的，各條文字與原稿大體一致。其中第2條為原稿第45條，第22條為原稿第70條，第23條為原稿第69條和71條所合成。這四條，《國粹學報》本都沒有，其中的三條（第45、70、71條），趙萬里先生一九二七年收入《人間詞話未刊稿及其他》中，另一條（第69條）一直到一九六零年王幼安先生才從原稿錄出收入《人間詞話刪稿》。王氏《二牖軒隨錄》

大約發表於一九一五或一九一六年，那麼這四條其實是不應叫作「未刊稿」或「刪稿」的。《盛京時報》是出版於東北的報紙，關內流傳不廣，所以王氏的《二牖軒隨錄》很少有人見到。王氏在全力研究史學、考據的時候，仍然認為自己的《人間詞話》「頗有可採者」，並錄出其中要點重新發表，這也是耐人尋味的。

最後，簡單談談《人間詞》甲乙兩稿序。這兩篇序，趙萬里先生在王氏年譜中明確指出乃王氏自撰。徐調孚先生的《校注人間詞話》和王幼安先生校訂的《人間詞話》（即通行本）都把這兩篇序作為王氏著作收入。不少研究者在自己的論著中也把這兩篇序作為王氏論述引用。可以說，它是王氏作品已經為學術界所公認。但是，近來有同志提出不同意見，認為這兩篇序的作者是樊炳清而不是王國維。（《〈人間詞序〉作者考》，見《文學評論》一九八二年第二期）這種意見本人不敢苟同。首先提出兩序是王氏作品的趙萬里先生已經去世，他的王氏年譜確實沒有詳談這個說法的根據。但趙先生是一位治學嚴謹的學者，他絕不會毫無根據地硬把別人作品說成王氏作品。趙先生與王氏關係密切，又是王氏遺著的整理、編輯人，言必有據。以常理推論，當為王氏告知。筆者在京時，也曾向他面詢此事。他明確回答：「是靜安先生所撰。」語氣肯定，未作任何解釋。王氏確有一友人，名樊炳清（字少泉、抗夫，見本書上卷第26條），而《人間詞》甲乙兩稿序署樊志厚。樊炳清和樊志厚或是一人。所以，兩序雖署名樊氏，但實出於王氏之手。假託友人名字為自己的集子作序，王氏還有一次。集中了王氏後期學術論著精華的《觀堂集林》的序言也是王氏自撰而署名羅振玉（王氏致友人蔣汝藻函中明言之）。再者，兩序持論與文風和《人間詞話》大體一致也可以作為王氏自撰的內證。總之，趙萬里先生的說法應該說是權威性的，現在似乎還不應輕易推翻。因此，本書仍把這兩篇序作為王氏著作收入。

校註者

一九八二年十一月七日

天地博雅文叢

經典常談　朱自清 著
新編《千家詩》　田奕 編
邊城　沈從文 著
孔子的故事　李長之 著
啓功談金石書畫　啓功 著　趙仁珪 編
沈尹默談書法　沈尹默 著
詞學十講　龍榆生 著
詩詞格律概要　王力 著
唐宋詞欣賞　夏承燾 著
古代漢語常識　王力 著
梁思成建築隨筆　梁思成 著　林洙 編
簡易哲學綱要　蔡元培 著
唐宋詞啟蒙　李霽野 著
唐人絕句啟蒙　李霽野 著
唐詩縱橫談　周勛初 著
佛教基本知識　周叔迦 著
佛教常識答問　趙樸初 著
漢化佛教與佛寺　白化文 著
沈從文散文選　沈從文 著
宋詞賞析　沈祖棻 著
人間詞話新註　王國維 著　滕咸惠 校註
閒談寫對聯　白化文 著
魯迅作品細讀　錢理群 著

書　　名　人間詞話新註

作　　者　王國維

校　　註　滕咸惠

編輯委員會　梅　子　曾協泰　孫立川
陳儉雯　林苑鶯

責任編輯　甘玉貞

美術編輯　郭志民

出　　版　天地圖書有限公司
香港黃竹坑道46號
新興工業大廈11樓（總寫字樓）
電話：2528 3671　傳真：2865 2609
香港灣仔莊士敦道30號地庫（門市部）
電話：2865 0708　傳真：2861 1541

印　　刷　美雅印刷製本有限公司
香港九龍官塘榮業街 6 號海濱工業大廈4字樓A室
電話：2342 0109　傳真：2790 3614

發　　行　香港聯合書刊物流有限公司
香港新界荃灣德士古道220-248號荃灣工業中心16樓
電話：2150 2100　傳真：2407 3062

出版日期　2021年1月／初版

ISBN ： 978-988-8549-44-3